U0022043

\ 倒數計時！/
學科男孩②

國語同學，請不要消失！

一之瀨三葉・著
榎能登・繪
王榆琮・譯

時報出版

目錄

自然 社會 希望 明日

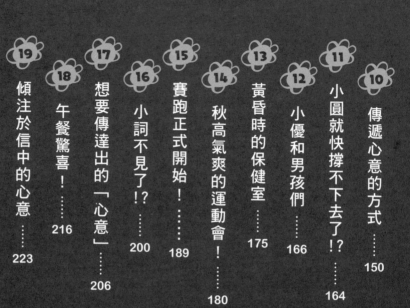

國語

數學

夢

明日

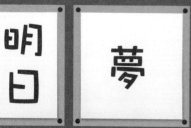

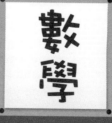

人物介紹

姓名　花丸圓

小學 5 年級。雖然努力唸書，
但成績一直很難提昇。

姓名　數學計

小學 5 年級男孩。誕生自數學課本，
言行有一點粗魯。

姓名　國語詞

小學 5 年級男孩。誕生自國語課本，
個性體貼又可靠。

姓名　自然理

小學 5 年級男孩。誕生自自然課本，
非常喜歡動物和植物。

姓名　社會歷

小學 5 年級男孩。
誕生自社會課本，
很懂歷史和地理的知識。

姓名　成島優

花丸圓的好朋友。在班上擔任班長，
考試總是能考滿分的資優生。

「為了將來對妳說：『我很需要妳』的人，
現在努力唸書，以後一定可以派上用場！」

1　晚餐前總是吵吵鬧鬧！

「小圓～一起來吃布丁吧～」

遠方傳來一陣柔軟的聲音。

我整個人也開始放鬆了起來，被吸引到幻境裡……

「……不行！我現在要練習寫國字才對！」

我慌張地搖搖頭，但是那個聲音又再度跑了出來。

「稍微休息一下應該沒關係吧？是布丁喔，很好吃喔～」

阻止我練習寫國字的是突然蹦蹦跳出現的狐狸先生。

狐狸先生手上拿著一盤看起來超級美味的布・丁・聖・代。

（好……好像很好吃……！）

布丁配上鮮奶油加水果的拼盤，簡直是奇蹟般的視覺藝術啊！

緊盯著的同時，口水也流了出來。

（說的沒錯，只是休息一下而已……）

才剛這樣想，我馬上就回過神來。

「不……不能休息啦！現在必須好好唸書！」

我收起差點輸給誘惑的心，牢牢握住鉛筆。

不可以輸給誘惑！

不可以輸……

「小圓～！」

唉～討厭，又來了！

算我求你們，不要防礙我啦！

我一定要在下次的國字考試上，考到好分數。

因為我的分數，關係到「**那個人的生命**」——！

「小圓，有空嗎？可以幫忙收衣服嗎～？」

咦，是外婆？

「喔，好的！」

我在樓上，連忙大聲回應外婆從一樓傳來的說話聲。

看看時鐘，已經過了晚上六點。

雖然打算在吃晚餐前先在房間唸點書，但我還是不小心切下腦裡的幻想開關。

（不行，必須集中注意力才對……）

我一邊反省，一邊蓋上國字簿，站了起來。

走到二樓陽台，把晾乾的衣服都拿下來。

接著，我拿著放了衣服的洗衣籃，走下樓梯。

「嘿咻……」

六人份的衣物，真的蠻重的。

不久之前，還只是拿著兩人份衣物，但這彷彿是很久很久以前的事了。

我是**花丸圓**。

不久之前，我還是個不擅長唸書的普通國小五年級學生……

這件事會成為過去式，是有原因的。

因為……

現在有四名「學科男孩」和我住在一起！

所謂的學科男孩，就是從我的「數國理社」課本中誕生的男孩們。

數學課本是性格急躁，對時間斤斤計較的男孩，名字是**數學計**。

國語課本是穩重又溫柔的男孩，名字是**國語詞**。

自然課本的個性我行我素而且很喜歡動物，名字是**自然理**。

社會課本的外型看起來很時尚，但人有一點輕浮，名字是**社會歷**。

他們不但突然出現在我面前，而且還以年齡相近的小五男孩身分，成為我學校裡的同學。

甚至還因為我常常考試不及格，而成為我的「家教」，就此住進我家。

原本只有我和外婆兩個人生活的家，現在每天都超級吵的。

從兩個人增加到六個人，呃……這樣是四倍吧！

很遺憾，正確答案是「三倍」喔！（2×3＝6）

「……咦！等一下，你們在做什麼？」

準備下樓時，看到男孩們聚在一起。

「剪刀石頭布！」

「終・點・我・來・了！耶～我贏了～！」

走下樓梯後，高舉雙臂大聲歡呼的人是小歷。

看來他們在玩猜拳「誰先下樓」的遊戲。

「小計又是最後一名耶。」

接著下樓的人是小理。

最後一個留在樓梯上的是小計，而且一臉不高興地回答小理。

「為什麼！對上特定對手怎麼可能會三連敗？這個遊戲有問題……」

「哈哈哈！不用分析得那麼複雜，只是單純小計的猜拳技巧很弱～」

小歷哈哈大笑。

「規則就是猜拳贏的人才能走，所以你輸了啊。」

「嗚……太奇怪了……猜拳的勝敗機率，應該每個人都是一樣的……！」

小計一臉不甘心，一直抓著自己的頭。

小歷發自內心地開心大笑，繼續接著說：

「順帶一提，日本現在的猜拳動作，是從江戶時代晚期到明治時代開始成形的。」

「明治時代啊……那是日本狼絕種的時候呢……」

聽完小歷的話後，小理摸摸肩膀上的變色龍，露出落寞的表情。

「圓圓，妳知道嗎？狼跟狗在生物分類上都是『哺乳綱犬科』喔。」

「生物分類？」

「在生物學領域裡，會將相似的生物分成不同族群。人類因為跟猴子是相似的生物，所以人類是『哺乳綱靈長目人科』。但狗是『哺乳綱貓目犬科』，妳覺得是為什麼呢？」

咦？為什麼？

我完全聽不懂他在說什麼，只是歪著頭。

我可以瞭解人和猴子是同一種族群，但狗和狼是同一個族群，怎麼會跟貓扯在一起？牠們和貓的外型、特徵都不像啊。

「呃……那是因為狗……其實就是貓？」

「哈哈哈！不對啦，狗不是從貓進化來的。」

小理一邊笑，一邊搖搖頭。

「這是日本才有的講法。國際上則是稱為『食肉目（Carnivora）』，日本似乎是為了方便讓日本大眾理解，所以定義為『會吃肉的代表＝貓目』。是不是很有趣啊？」

哇～！好好玩喔……

等一下，不對不對，現在不是佩服這個的時候！

「討厭啦！你們不要只是在那顧著玩！」

我拿著一堆洗好的衣服，想辦法從男孩們之間擠過去。

就這樣，男孩們被我擠出一個空間。

「小計快走開，你很擋路！」

「什麼！說我擋路！」

「你們明知道晚餐前很忙吧？不要偷懶，否則我就要把小計的布丁吃掉！」

「什麼嘛，小圓只是想吃布丁而已，妳看看妳都流口水了。」

「才……才沒有流！」

把小計擠開後，我終於走下了樓。

「——這就是所謂的『天下沒有白吃的午餐』吧？」

旁邊傳來了穩重的說話聲。

原來是個性文靜的男孩——小詞。

「小圓抱歉，沒有注意到妳。我幫妳拿衣服吧。」

「咦？謝……謝謝你，小詞。」

我被他說的話嚇了一跳，心裡砰砰跳個不停。

小詞從我手上接過洗衣籃，幫我拿到客廳。

我看著他的背影，心中五味雜陳。

小詞就像平常一樣，對別人還是那麼和善。

但是，小詞他現在……

正如此想的同時，廚房傳來外婆的聲音。

「小理在嗎？可不可以幫外婆做菜啊？」

「嗯，好的！」

小理的雙眼散發開心的光芒，像小動物般蹦蹦跳跳跑進廚房。

小歷接著也馬上說：

「啊，小梅，我現在就去洗衣服囉～」

接著也隨小理一起走進廚房。

大家一個個都去做自己的事，一下子，只留下小計獨自站在原地。

「我……我的話……」

小計在樓梯間連忙四處張望。

小計除了數學以外，做什麼都不太行。

到底是做事不機靈，還是沒有生活能力啊……

明明唸書的時候，總是一臉很神氣的樣子，老是擺個架子。

「小計，現在去打掃浴室吧？」

聽我說完，小計恍然大悟般地回過神。

「對……對喔。我知道了。」

接著直接前往浴室。

（至少小計不是難相處的人……）

我苦笑著目送小計離開。

走到客廳，看到小詞在簷廊摺衣服。

廚房那邊還傳來了小理、小歷和外婆的聊天聲。

我鼓起勇氣，直接往簷廊方向走去。

「我幫你摺衣服吧。」

當我坐到旁邊時，小詞瞇著眼對我微笑。

「謝謝妳。有了小圓的幫助，就像獲得『百人之力』。」

「百人……之力？」

「『百人之力』的意思是『就像獲得一百人份力量般的可靠幫助』。在面對幫助自己的人時，可以用這句話告訴對方『是非常可靠的幫手』。」

小詞將放在身旁的字典拿起來查閱「百人之力」的說明，並且把那頁攤開來給我看。

「除了百人之力外，還有『千人之力』這種說法。」

「喔～是這樣啊，原來還有這種說法……」

我不經意地將視線往下看了看他的手。

噗通。

嚇了一跳。

小詞的手指——變透明了。

近距離觀察的那瞬間，不安的情緒就開始在我心中不斷蔓延。

「小詞……你還好吧？」

我緊張地詢問狀況。

小詞立刻理解我想問的事情，看著自己的手掌。

「雖然一開始很驚訝……但也漸漸習慣了。現在還是能觸摸東西，也不會對生活造成影響。」

說完，小詞也哈哈笑了起來。

只是……可以從他的眼神中，察覺到落寞。

（雖然小詞不想讓別人為他操心，但心裡一定很不安吧……？）

看到他的狀況，我心痛地用雙手摀住難過的胸口。

——其實，學科男孩們有自己的**「壽命」**。

而且他們所謂的壽命，似乎是由我的考試分數來決定。

初次見到這群男孩時，我過去的考試分數相當悽慘，所以男孩們也處於，即將消失的超危急狀況。

所以，他們才會成為我的家教，在大約一個禮拜的期間內，督促我拚命唸書。

最後，我所有考試成績也都有了進步。

本來壽命開始倒數計時而變得透明的小計，身體也因此恢復正常。

……本來應該這樣。

但還是有奇怪的地方。

不知道為什麼，考完試後，小詞的身體卻開始逐漸變透明。

但是我的國語考試成績有**四十五分**，還是其中最高分的科目。

我甚至在心中誇獎自己「國語考得真棒！」……

（可能……這代表我還不夠用功吧。）

由於男孩們的壽命與考試分數有關，所以我必須以這個為前提，持續努力唸書。

即將到來的國語考試，是下個禮拜一到就舉辦的國字隨堂考。

接著，就是運動會後舉辦的單元測驗。

為了小詞，這兩次考試我一定都要考到好分數……！

「那……小詞！不用擔心下個禮拜的國字考試！我這次的成績進步很多，而且也學會唸書訣竅，一定可以考到好分數的！」

因為不想讓小詞擔心，我這次說話稍微強勢一些。
我手拿準備要摺的衣服，看著小詞的側臉。
「……」
安靜無聲地沉默著。
小詞將最後一條毛巾摺完後，放到一旁。
他將視線看向夜晚的院子……微笑著。
「……謝謝妳。不過，也不用太勉強自己唸書喔。」
「咦……？」
「我們的存在是源自於擔心妳的媽媽。所以小圓如果將身體累垮了，我們也不知道怎麼面對妳媽媽。」
小詞的話再次讓我的內心隱隱作痛。
大約一個月前，媽媽突然到天堂了。

但是，因為媽媽擔心我，所以向神明許下願望，「希望我能成為堅強獨立的孩子」。

媽媽的這份思念，與我所珍惜的課本產生共鳴，因此課本化身為學科男孩。

本來就不擅長唸書的我，只是會硬著頭皮努力用功，這一切都是為了讓媽媽感到開心。

所以……媽媽去世後，我就不想唸書了。甚至還一度發誓「從此不再唸書」，然後把課本丟掉。

即使如此，讓我產生出「再多努力用功一點吧」的想法，都是因為來到我身邊的小詞他們。

透過他們教我唸書方法，也讓我慢慢瞭解唸書的樂趣。

與這些男孩們熱鬧的生活，也很開心。

所以，現在我打從心底，不希望他們消失。

然而，

為什麼小詞會陷入現在這種狀況……！

「請別露出這麼傷心的表情。」

回過神，看到小詞一臉擔心地看著我。

通透的白皙皮膚。

雖然很好看，卻也讓人覺得他的身影即將消逝。

這麼一想，心臟就像被揪住般難過。

「……如果你們的主人不是我，而是小優的話就好了。」

我突然把心中裡的想法說出來。

聽到我這麼說，小詞驚訝地看著我。

「小優……？」

「喔，是成島優。她是我的好朋友，而且是什麼都會的大美女。考試也常常考滿分喔！她和我不一樣……」

如果小優是課本的主人，現在就不會發生小詞的身體慢慢變透明的狀況。

這麼一來，小詞就可以每天無憂無慮……

「……請別說這麼讓人傷心的話了。」

我看向小詞，發現他的表情似乎更傷心。

糟了。

「對不起，我不該說這種奇怪的話！就是說啊，現在想換主人也沒辦法了！」

我慌張地向小詞道歉。

我到底在做什麼，這樣根本會加深小詞的煩惱。

應該要鼓勵他才對，結果我卻老是說喪氣話。

只是，一想到小詞可能會消失，我就不自覺地感到不安……

「總覺得……很對不起你。遇到像我這樣的主人——」

原本要接下去的話，突然被阻止。

我有些錯愕，視線往下看，發現小詞的手指溫柔地觸碰我的嘴唇。

「我之前告訴過妳，人說出口的話帶有『言靈』。將心中所想化為話語，就會成為現實……

所以千萬不可以把灰心喪志的話說出來。」

小詞雖然很擔心我，還是對我溫柔地微笑著。

「有句俗話是『福臨笑家門』，我認為還是笑容最適合小圓。而且我也最喜歡小圓的笑容了。」

小詞的這些話，深深地打醒了我。

其實小詞應該比我更擔心目前的狀況。

但就算如此，他還是很關心別人的感受，他就是這種體貼的男孩。

就像是要把我身上的憂鬱心情甩掉似的，我搖了搖自己的頭。

「我知道了！我會笑的！」

我露出自己的笑容，小詞也像是放心般地微笑著。

我也一樣，最喜歡小詞的笑容了。

所以，絕對不會讓他消失。

一定會幫小詞度過難關！

2 即將到來的運動會

隔日。

老師在班會說明運動會的競賽項目。

「五年級要進行的運動項目是短跑、障礙物賽跑、跳舞。之後還有規定全校學生都要參加的啦啦隊比賽和推大球。各班推選出來的競賽成員，還要參加班際對抗賽。」

班導師——川熊老師手拿通知單向大家說明運動競賽項目。

我們百天小學的運動會，會在每年十月上旬舉辦。

而且從現在到正式舉辦運動會的這段期間，每天都要練習競賽項目和班級進場。

（今年果然也有短跑……這對沒運動細胞的人來說，根本是酷刑……）

我一邊看著通知單，一邊嘆氣。

我這個人不只不擅長唸書，就連運動也不太行。在運動會上，一點也不活躍。尤其是短跑，從幼稚園到小學四年級以來，已經連續七年刷新自己最後一名紀錄！面對這個總是讓自己丟臉的運動會，我唯一的成就就是從來沒有缺席過。

因為每年到了運動會這天，媽媽都會來為我加油。我的媽媽是植物學家，平時都會因為調查和學會的工作前往國外，所以即使一個月不在家，也是很平常的事。

但就算這樣，媽媽還是會事先在前一年排好工作行程，所以總是能在運動會上為我加油。而且媽媽的加油聲也比任何人還要宏亮。

當我垂頭喪氣地說：「今年又最後一名了。」媽媽就會用讓我超害羞的說法稱讚我：「小圓好棒喔！今年也有跑完全程呢！」

還有也會早起幫我準備便當，運動會當天跟外婆、小優一起開心吃午餐。

（……當時好快樂。）

一想到這些，我又難過了起來。

因為媽媽的加油，我每年都很期待運動會。

但是今年，媽媽不會來了……

「好了！那麼從明天的體育課開始，就要練習每個項目喔！大家別忘了把體育服帶來。」

在我心情低落時，老師的說明好像也結束了。

接著，老師就跟平常一樣，開始收拾講台上的東西，並指示值日生準備喊下課口令——。

「——請等一下。」

突然，旁邊有人說話，叫住老師。

被這個聲音嚇一跳的我，轉頭往旁邊一看……沒想到出聲叫住老師的是小計。

小計站了起來，對老師說了震撼全班的話。

「我拒絕參加運動會。」

咦!?

教室的同學們也因為這句話，開始交頭接耳。

「咦？拒絕參加的意思，代表不參加運動項目嗎？」

「真的假的，這樣可以嗎？」

在大家一臉懷疑時，小計又若無其事地繼續說。

「因為我不擅長跑步，有將近九成的機率會跑最後一名。既然深知自己的能力不足，所以我不想特地讓自己丟臉。以上是我拒絕參加的理由。」

對於小計如此直接地說出原因，大家目瞪口呆。

過不久，老師搖頭嘆了一口氣，像是要說「不可以」般，準備駁回小計的意見。

「我也不是不能理解數學同學的想法，但不擅長運動不是什麼丟臉的事。舉辦運動會的目的，是要讓班上的每個人找出自己擅長與不擅長的運動，並且彼此團結起來參與比賽。你完全不需要在乎排名！」

「但既然有了排名，就要避免得到最後一名，所以我不想參賽。」

小計毫不退讓地說。

他話一說完，班上其他不擅長運動的同學們也開始小聲附和「我也是」。

（其實我也一樣，所以能理解小計的想法。）

但我實在無法像小計這樣，直接對老師說「拒絕參加運動會」。

不過，每年短跑都最後一名，真的很丟臉……

「各位同學，參加運動會雖然很辛苦，但不單純只是運動比賽而已。就算比起來覺得不開心，但大家同甘共苦的過程，以後一定會成為你們珍貴的回憶！」

教室開始喧鬧了起來，老師也大動作地示意準備下課。

「比賽項目不只有短跑，還有跳舞和障礙物賽跑喔。數學同學，請你再想一想吧。」

隨著值日生的口令，大家也陸續走出教室。

我急忙找小計。

「欸，小計為什麼要那樣說……」

「我雖然那樣說，但其實可以在運動會那天請假就好了，小圓也請假，這樣就不會那麼引人注意了吧？」

「咦!?但我不想在運動會那天請假啊……」

「小圓。妳還不懂現在的狀況嗎？」

小計用銳利的視線看向我。

「小詞現在的狀況，已經連一分一秒都不能浪費。妳必須用更多時間和腦力，為下次的國字考試和單元考試做準備。接下來三個禮拜內的時間，要是妳傻傻浪費體力每天練習運動項目，到時候回家沒精神唸書，又該怎麼辦？所以，現在就決定不參加運動會，把練習時間用來唸書就好了。我們目前只能這麼做了。」

小計用超有魄力的氣勢說話，簡直讓我喘不過氣來。

（我有點被他嚇一跳，明明昨天還一臉對猜拳沒轍的樣子，現在卻像是換了一個人……）

不過小詞的身體變透明時，男孩們都得出「只能讓國語考得更高分」的結論，但之後也沒有太深入的討論。

到了晚上，大家又在玩猜拳下樓的遊戲……

我瞬間掃過他們的身影，再度思考起「拒絕參加運動會」這件事。

我本來就很不擅長運動，而且運動會對我來說，也不是什麼讓自己「大出風頭」的活動。

會參加運動會，只是因為我很喜歡媽媽來幫我加油、還有跟大家一起吃便當。

所以就算最後一名，我也能努力撐下去……

但媽媽不會再來運動會了。

既然如此，就照著小計的計畫進行好了。現在比起運動會，努力複習國語，幫小詞度過難關或許才是最優先的事……

就在我思考的同時，皺著眉的小計湊了過來，偷偷對我說悄悄話。

「妳以後別在小詞面前愁眉苦臉。那小子對別人的感受和態度很敏感，要是他覺得自己害我們的日子過得很淒慘，肯定會變得更消沉。」

「嗯……」

我點頭回應。原以為小計做事很衝動，但聽完他這些話，也讓我放心不少。

而小計他們也為了小詞，盡量保持平常的狀態。

我也要注意自己，別讓小詞擔心難過。

不過，我的內心深處依然擔心。因為小計在小詞不知情的情況下，突然說出自己「拒絕參加運動會」的偏激發言。

（我沒有想過可以這麼做。昨天還在小詞面前一臉憂鬱，然後讓小詞說出「請別露出這麼傷心的表情。」……）

反正以後就跟小計他們一樣，注意自己的情緒。

我心裡一邊暗自反省，一邊看著小計。

「我很清楚現在自己一分一秒都不能浪費，所以這次的國語複習，我一定會比之前更用功。只是拒絕參加運動會，真的沒問題嗎……？」

「其他人當然會對這個計畫有意見。雖然我也怕讓小梅外婆擔心……但現在是非常時期，相較之下運動會並不是什麼重要活動。直接蹺掉，又不會真的死掉。」

「——說什麼運動會不重要??」

後面傳來憤怒的說話聲。

轉頭一看，原來是好朋友成島優惡狠狠地靠近我們。

（哇……有種不祥的預感……）

看得我都渾身發抖。

小優雙手搭著我的桌子，身體向前傾，猛然往小計的方向逼近。

「數學同學，關於你拒絕參加運動會的發言，可不可以重新考慮一下？雖然我可以體諒你『不想最後一名』的心情，但身為班長，我還是很希望班上每個人都可以參加。就像老師說的，即使不喜歡運動會，但努力克服困難的過程，一定能得到寶貴的經驗。」

小優用超級認真的表情，傳達自己的看法。

我捏了好大一把冷汗看著小計，但小計面對小優，一臉不高興地抬起頭。

「很抱歉，運動會我就是不想參加，也沒空參加。還有，小圓也一樣。」

「你……你這個人，難道想把小圓拖下水!?」

小優的眼神突然改變。

像是要噴出熊熊燃燒的憤怒火焰。

一般的男孩看到了，都會嚇得臉色發青，但是小計卻不為所動，一如往常地看著小優。

「我想講的都講完了，反正妳別對我們的事多嘴就對了。」

「說什麼我……我們……!?」

小優的太陽穴，都已經冒出青筋。

太……太可怕了吧～！

我幾乎快被嚇哭！

「那……那個……小優？」

「我對你已經忍無可忍……！」

雖然我害怕地叫住小優，但是看起來現在的她，已經聽不進去。

憤怒情緒完全爆發的小優，猛然逼近小計。

「雖然你們突然轉學過來，又突然到小圓家寄住，我只是覺得你們有點奇怪……但要是你們敢帶壞小圓，我絕對不饒你們！」

「帶壞？妳在說什麼？」

「我是指拒絕參加運動會的事！不要用你任性的舉動，把小圓拖下水！」

「任性又怎麼樣？不喜歡做的事情誰都不想去做，這也沒辦法啊。」

兩人之間，簡直要迸發四射的憤怒火花。

噫咿～！

這肯定就是人家說的「一齣吉花」！

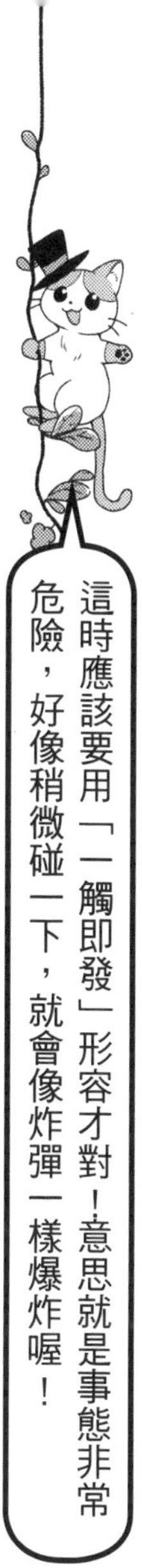
這時應該要用「一觸即發」形容才對！意思就是事態非常危險，好像稍微碰一下，就會像炸彈一樣爆炸喔！

過了一下子，小優開始深呼吸。

「……數學同學。我想跟你確認一件事，你說自己『不擅長運動，不想最後一名』，所以決定不參加運動會嗎？」

「……沒錯，就是這樣。」

「小圓也一樣是這種想法嗎？」

「咦!?呃……」

小優突然問我，我只是結巴地說不出話來。

我確實討厭在運動會上得最後一名。

但與其說是不想參加運動會，倒不如說不參加運動會，把心思用在解決小詞身體的問題會更好……

如果不能給小優一個合理的回答，小優的確不可能乾脆地說：「好，我理解你們。」

「可以給我一個晚上的時間嗎？」

驚訝地聽到這句話的我和小計，看著小優彷彿下了什麼決心般，轉身回到自己的座位。

（給小優一個晚上的時間？是什麼意思……？）

小優是不是已經接受小計的意見了？

我還在想自己是不是要多花點時間說服她呢。總覺得整個過程有點順利……

在那片刻，我覺得有些不可思議地，直盯著小優的背影。

3 熬夜擬定計畫的小優！

小優是我七年前認識的朋友。

從幼稚園第一次見面開始，小優的個性一直都是這樣：

不但做事周到，而且很有正義感。

當小優看到大一點的男同學欺負年紀小的學生時，甚至會跟對方打架，好像還曾經讓自己的臉上瘀青。

小優的媽媽也訓斥過小優：「不可以再這麼粗魯。」

但在我眼裡，小優就像是超級英雄，專門保護弱小。

「小優好厲害，好帥喔。」

我以前常這樣稱讚小優，

她常常害羞笑著說：「才沒有呢。」

我最喜歡小優那時的笑容，因為真的很可愛。

後來不知不覺地，我們就已經成為常常玩在一起的好朋友了。

小優也告訴我許多我不知道的事情，也說過很多有趣的事物。

相反地，我對小優講自己的幻想故事，她也會一臉興趣十足的模樣，仔細聆聽著。

越是常跟小優在一起，就越能瞭解小優的溫柔可愛，所以我也越來越喜歡她。

我媽媽在暑假離開人世時，小優在那段時間，雖然必須上補習班唸書，但還是會在這麼忙的時候，每天過來陪我。

「如果有我能幫忙的事，可以對我說喔。」

在我情緒低落時，小優總是用溫柔的語氣跟我說話。

連不想出門的新學期開學典禮早上，小優還特地繞遠路到我家，邀請我一起上學。

小優很有正義感，而且也很有紀律，對她不熟悉的人或許會覺得這個人有點強勢。

但是……小優對我而言，是無可取代的好朋友。

也因為她真心為我著想，所以我也能理解她為什麼會嚴加注意小計的言行。

如果小優認定小計會帶壞我，就一定會拚盡全力保護我。

小優就是這種人……

「……我一直覺得很奇怪。」

回到家後，

小計在房間裡為我複習功課。一邊看著數學隨堂考參考書，一邊碎碎唸。

「什麼事情很奇怪？」

「為什麼只有成島會懷疑我們？今天她說：『突然轉學過來，又突然到小圓家中寄住，我只是覺得你們有點奇怪……』。她像今天這樣懷疑我們已經不是第一次了，之前也說過我們很可疑。」

小計這麼一說，我也開始覺得驚訝。

確實連我也覺得這樣的情形有些特別。

學科男孩們因為「神奇的力量」，讓自己能自然融入這個世界的人類生活中。

也因為我身邊人們的記憶稍微受到控制，所以對我家突然寄住了一群男孩，不會感到懷疑。

即便如此，為什麼只有小優覺得「他們很奇怪」呢？

是不是有什麼原因讓「神奇的力量」無法發揮作用……？

「總之，我們要小心成島，要是祕密被揭穿的話，就麻煩了。」

「嗯……嗯，說的也是……」

小計的話，讓我有些難過。

小優是我的好朋友，但現在卻要對她瞞著祕密，讓我有點介意。

事情發展到這個地步，確實讓人覺得很無奈呢……

「……還有很多我們不知道的地方。我們的存在、與周遭的關係，還有讓我們延續壽命的條件等等……不能靠計算解開的問題，實在太多了……」

像是沉思般，小計的表情開始冷靜了下來。

而我只是在旁邊，雙手抱胸思考。

就連小計都不清楚的事，我當然也不可能知道。

而且原本不是人類的課本，突然變成人類男孩出現在我面前，即使是現在的我也會覺得不知如何是好。

在這樣的狀態下，如果再去向小優解釋，也許會讓她更擔心我吧。

或許維持現狀，不告訴她事情的緣由，會比較好吧……？

「喂！小圓！妳的手別停下來啊！」

小計突然用紅筆敲了敲桌子。

我也被他突如其來的舉動嚇了一跳，本來思緒亂飄的我，馬上回過神來。

「還……還不是因為你在我唸書時講那些話嘛！」

「剛才的話題已經結束，妳趕快繼續唸書。除了要幫小詞之外，我們其他人的壽命期限也不夠。不要再浪費時間了，快解開計算題！」

「好啦，我知道了啦～！」

小計真的很愛生氣耶！

我一邊生著悶氣，一邊重新把注意力放在筆記上。

——隔天早上

大家跟平常一樣，一起吃早餐。

叮咚。

門鈴響起。

「哎呀，這種時間有人按門鈴還真稀奇呢。」

外婆離開座位去應門。

正當我感到奇怪並且往玄關的方向看過去時，看到外婆走了回來。

「小圓、小計有客人找妳們喔。」

「咦？找我？」「找我？」

我和小計異口同聲地回答。

為什麼是我們兩個？

我一臉茫然，同時也隨著小計往玄關走去。

「早安，小圓！數學同學！」

站著玄關的客人是小優。

「小……小優!?妳怎麼……？」

我看到的小優，有點不知道怎麼形容她的模樣。

小優這個平時都考滿分的美少女，今天卻頂著一頭亂糟糟的頭髮，還有黑眼圈。

她到底，怎麼了……？

「我終於完成了。所以，馬上就拿了過來。讓妳們久等了。」

「咦？呃……完成什麼……？」

「呵呵，這是我耗費了很大的心力。」

小優雙眼發出光芒，並且像是公開自己的傑作般，把一大疊的紙，拿起來給我們看。

「我把這個命名為**『絕對不會最後一名的跑步訓練表』**！」

咦……

咦咦咦咦咦咦!?

「訓、訓練表？」

「沒錯！經過深思熟慮後，兩位『避免得到最後一名，所以不想參賽』的問題，最好的解決方法就是提昇跑步能力，這樣你們就能產生想跑第一名的動力。這份訓練表是我仔細閱讀家裡的醫學書和圖書館的相關讀物後，十分專心一意地熬夜寫出來的夢幻方案！」

小優睜著帶著黑眼圈的雙眼，「呵呵呵」地笑著。

這種出乎意料的發展，讓我不知該如何是好。

就連小計也因為事發突然，張著嘴不知道該說些什麼。

「在接下來的三週內，我會負責訓練兩位跑步！到運動會的那天為止，一定可以讓妳們擺脫最後一名的困境。希望妳們重新考慮參加運動會。雖然過程不簡單，但靠努力克服萬難的過程是很美好的。」

小優用非常正直的眼神，盯著我們兩人。

而遞過來的訓練表，也傳來比紙張還沉重的重量。

（小優竟然為了我和小計，熬夜做出這份訓練表……）

看到好朋友第一次在我的面前露出疲憊不堪的狼狽模樣，再想到自己對她隱藏祕密，就讓我越來越內疚。

雖然小計說「避免得到最後一名，所

以不想參賽」也不是對小優說謊……但不參加運動會的主要目的，其實是因為我們為了小詞，必須努力複習國語。

但這種事不能對小優說……

「呃……這個……」

我完全不知說什麼才好。

面對開始結巴的我，小優緊緊握住我的手說：

「小圓，我真的很希望妳參加運動會。」

小優認真的表情觸動了我的心。

不過，這個認真的表情中……隱約能發現她很拚命，而且也很……不安。

看到小優展現出與平時截然不同的表情，我也變得不知該怎麼辦。

（……小優都做到這個地步，要是我再不參加運動會……她一定會很失望。但在保守男孩們的祕密為前提下，我也很難把自己突然決定不參加運動會的理由告訴她……）

我的大腦在短時間內持續運轉。

接著，我反握住小優的雙手，回答：

「……我知道了。我會努力照著訓練表跑步的！」

「真的嗎!?太好了！」

小優高興地笑了出來。

接下來，她又看向小計。

「數學同學，你的決定呢？」

「我……」

「還在猶豫嗎？沒關係，那就先保留你的答覆吧。在看到我和小圓的訓練成果後，再來決定也不遲。」

小計囁嚅地說：「不是，那個……」小優明快果決的態度，讓小計很難說出自己的想法。

「小圓，絕對沒問題的！我們一起努力吧！」

小優一邊這樣說，一邊舉起雙拳展現決心。

然後，她哼著歌，腳步輕盈地回去了。

至於我和小計，呆住不動一段時間，就這樣站在玄關，盯著大門。

「……太強了吧。這種東西真的是在一個晚上內做好的嗎……？」

小計露出不可置信的表情，看著小優留下來的那疊訓練表。

「我太小看成島了，沒想到她有這樣的能耐……」

「小優她是真心為我們著想，才會做出這個訓練表。我實在是無法拒絕她的這份心意……」

說完後，小計嘆了口氣。

「我還是反對。因為兼顧唸書和運動，並不容易。」

「我知道，但就算這樣……我還是會試著努力看看。」

雖然很不安，但我非執行不可。

就像我的考試分數，原以為自己這一生都只會考不及格，但現在已經開始找到提昇分數的方法了。

雖然我過去從沒有想過要兼顧唸書和運動，但只要肯努力，就一定能克服。

（好！從今天起，我要更加油才行！）

如此下定決心後，便回到大家聚在一起的客廳。

4 國字考試的結果！

幾天後。

今天是考國字隨堂考的日子！

在那之前，我也執行了小優的運動會訓練，訓練過程比想像中艱難，使得我能專心唸書的日子，只剩週六和週日。不過，我這次拚了命地用功複習。

（沒問題的……一定沒問題……！）

我自言自語地盯著考卷。

如果這次考試考不好，小詞說不定就會消失。

一想到這裡，讓我開始緊張了起來，也讓我寫錯了好幾個地方。

（我要冷靜。不到最後關頭別輕易放棄，要相信自己複習過的地方……！）

「——好了，時間到！把鉛筆放下！」

聽從川熊老師的聲音，大家都把鉛筆放在桌上。

我也在這時放鬆一下肩膀的肌肉，並且喘了一口氣。

因為考試時用力緊握鉛筆，現在掌心全都是汗。

「大家開始改考卷～把紅筆拿出來，考卷跟同學交換。」

隨著老師的指示，我把考卷交給坐在隔壁的小計手上。

交換考卷時，我和小計對看了一眼。

（考試沒問題吧？）

他的眼神像是這樣問我。

我緊張地對他輕輕點頭。

（沒問題。可能……不對，絕對能考好！）

「嗯～問題②的答案是『隨』便，有沒有人寫錯呢？因為類似的字還有『隋』，『隋』朝的

『隋』。這題的答案是『隨』便，所以如果寫成『隋』就是錯的喔。」

老師解釋題目的答案，並將重點寫在黑板上。

大家一邊聽老師的講解，一邊批改考卷。

就這樣，在老師把最後一題講解完時……

（……什麼？）

我不由自主地睜大眼睛看著考卷。

小計……只考五十分，還好嗎？

小計似乎不太擅長國語，但沒想到可能考得比我差。

這次的考試，真的蠻難的耶！

這麼說，我的分數如果是五十分以下……嗚嗚……事情就會變得更糟嗎!?

「滿分是一○○分，請在名字下方寫上分數。好，請把考卷還給同學！」

大家在吵雜聲中把考卷傳回給隔壁同學。我因為擔心自己的分數，摀著自己的肚子，看著小計把考卷遞過來。

小計依然臭著臉，直接把考卷還給我。

（這種表情……不會吧!?）

我不敢看，好可怕。但是……

我鼓起勇氣，擔心地準備確認自己的考卷分數——。

「**我……成功了！**」

我開心地大聲歡呼。

「喔？」老師馬上往我這邊看過來。

「花丸，難道妳考滿分了嗎？」

「咦!?沒有考滿分啦。我怎麼可能……」

聽到我這麼說，教室裡的每個人都笑了出來。

因為覺得丟臉，所以我慌張地低下頭去。

（不過……這次真的很棒耶！滿分一〇〇分，我居然考**七〇分！**）

我興奮地盯著自己的考卷。

對每科老是考不及格的我來說，這次能考這樣，真的很不得了！
其實連滿分一〇〇分的國字隨堂考，我過去也從來沒有考過四十分以上的成績。
「這樣小詞，就會沒事了吧？」
小計輕聲回答：
「……應該吧。」
小計這麼說的同時，表情卻沒有太高興。
畢竟他自己的考試分數不太好看……不對，應該不是這個原因。
我想小計也很擔心小詞才會這樣吧。
在之前的考試裡，我的國語雖然考到相對高分，但小詞的手卻還是開始變透明。
所以，光是國字考試拿到好成績，還不能讓大家放心。
也因此，這次考試過後，小詞還是有可能會變得更透明。
關於學科男孩們的「壽命」，到現在依然充滿謎團……

噹咚噹咚

下課時間一到，我和小計兩人馬上從座位上站了起來。

我們只想趕快去確認小詞的情況。

（小詞在一班……）

「小圓！」

一踏出教室的瞬間，我們立刻被小歷叫住。

小理也在小歷的身邊。

「國字考試……考得怎麼樣？」

他們一臉擔心地看著我。

我馬上拿出考卷給他們看。

「滿分一〇〇分考了七十分！我們現在必須去找小詞！」

「小詞他們班的上一堂課是體育課，也許他現在還在置鞋櫃那邊。」

小理話一說完，我立刻回答：「我知道了！」

於是，我和三個男孩匆忙下樓。

途中還看到一班的同學們走上樓，但就是沒看到小詞的身影。

（小詞，你到底在哪裡？該不會消失了……？）

我的腦中不由自主地往不好的方面想。

雖然想透過加快腳步來擺脫這種想法，但不安的預感卻漸漸加強。

（拜託，小詞。快點出現……！）

我們迅速地衝下樓，來到置鞋櫃——終於，看到小詞了。

那裡的每個人都穿著短袖短褲，就只有一個人穿著長袖運動服。

——是為了要遮住變透明的雙手。
看到他的身影，讓我覺得難過。
「怎麼了嗎？大家為什麼聚在一起？」
小詞一臉驚訝地看著我們。
小計對我們使了使眼色，要大家移動到其他地方。於是我們來到比較沒人經過的掃具間了。

「小詞……你的身體沒事吧？」
我立刻說出大家關心的重點，小詞聽了搖搖頭回答：
「嗯，現在並沒有惡化。」
「這樣啊……！」
聽到沒有惡化，我有點放心了。
「告訴你喔，剛才考的國字隨堂考，我考了七十分！都多虧了小詞和大家教我！」
「這樣啊……！真厲害。這是小圓自己的努力成果。」

小詞發自內心地微笑著。

看到這個笑容，我也開心了起來。

——但是，笑容卻維持不久。

小詞將目光落向自己還戴著手套的雙手。

「原來是這樣啊。因為大家關心我的手是否恢復了，所以才會特地過來確認……」

小詞一臉感到過意不去的表情。

現場的大家也因此沉默不語。

（剛才說「沒有再惡化」……也就是說小詞的狀況也沒有變好……）

我的心就像被掐住了一樣。

對於情緒低落的小詞，我實在不知道要如何鼓勵他。

「的確有感覺自己的壽命延長了，但是……雙手還是一樣的狀態。大家雖然努力想幫我，我卻讓大家失望了。很抱歉。」

小詞用愧疚的語氣說了這些話。

我急忙搖了搖頭。

「才沒這回事！小詞不需要向我們道歉！」

「沒錯，沒有人做錯事。不過我們現在該想的是『接下來要做些什麼』……」

「是啊～但如果考試考好也無法讓情況好轉，那我們不就毫無辦法了？」

小理和小歷喪氣地說道。

這時，始終保持沉默的小計，以嚴肅的表情看著我。

「現在要做的，就只有讓小圓繼續用功複習國語。這次考試分數，至少也算是成功防止情況惡化下去。」

「是啊……果然還是得在下次的國語考試考到好成績……」

之後，我必須更努力用功才行。

雖然充滿了鬥志，但其實還是有點不安。

因為小優的運動會訓練，讓我唸書時間變得比之前更少了。而且訓練完後，也會累到昏昏欲睡。

而且，因為考試分數會影響到這些男孩們的壽命，一想到這裡，就覺得自己的責任重大。

就在我垂頭喪氣時，小詞走過來握住我的手。

「請不要這麼消沉。要記得『福臨笑家門』喔。」

聽到他這麼說，我又開始哭喪著臉。

（我為什麼這麼膽小啊？）

小詞明明比我更加不安，我卻反而被他安慰……！

不爭氣的我緊握著拳頭、咬著嘴唇忍耐著，只能偷看小詞的溫柔眼神。

「抱歉，都是因為我的關係才害小圓這麼沒自信。但是我認為小圓還是很有實力，畢竟可以在這麼短的時間內進步神速。**就算我沒教妳，也肯定可以做到……**」

「不是的！如果小詞沒有教我國語，現在一定還是考不及格！小詞真的是最棒的家教了！」

「……謝謝妳的誇獎。」

小詞露出微弱的笑容。

我最喜歡看他的笑容，但如今卻讓我感到心痛。

就像是要把快流出來的淚水鎖住一樣，我突然用兩手壓了壓自己的臉頰。

「好！我會努力的！我會加油！」

像是說給自己聽，我打起精神鼓勵自己。

「別這樣弄臉啦，看起來簡直像是菱形三十面體的怪物。」

小計在一旁嘀咕著。

「居然……說我是怪物！好過分喔！」

「對呀，小計至少要說跟巴戈狗一樣可愛。」

「喂喂小理，你這樣說其實也跟小計的說法沒兩樣耶～」

大家老是這樣，想說什麼就說什麼。不知不覺間，氣氛也變得輕鬆起來。

我都笑到流眼淚，就連小詞也開心地笑了出來。

（太好了，看來小詞的心情稍微變好了。）

看著大家興高采烈地聊天，我總算能放心喘一口氣。

——但還是出了狀況。

「這樣一來，果然還是別參加運動會吧？」

小計這樣說完，小詞的表情立刻轉變。

「小計，我堅決反對這個主意。我們生存在這個世界的任務，本來就是要輔助小圓的課業。但如果介入小圓的學校生活，那就是本末倒置。」

「但是你消失的話，就幫助不了小圓了啊。能教小圓國語的人，就只有小詞了。」

看著爭論著的兩人，小理和小歷對看了一眼。

「嗯……要兼顧唸書和運動的確不容易。感覺上我比較贊同小計的意見……」

「不過，小圓這樣會讓別人留下不好的印象耶～。畢竟偷懶不是正確的行為吧？」

「不需要介意別人怎麼想。反正我們本來就不是人類。」

小計的話才剛說完，突然之間，

「──你現在說的話，是什麼意思？」

後方傳來的聲音，讓氣氛凝結。

噗通噗通噗通……

連我都能聽見自己的心跳聲。

轉過頭去，赫然發現站在那裡的人竟然是——

「小……小優!?」

小優正用我從未見過的嚴肅神情，看著我們。

5 祕密被揭穿了!?

「小圓反常地從教室跑出去，所以我才會跟過來。但為什麼數學、自然、社會三位同學也跟小圓一起行動？」

小優一邊提出質疑，一邊慢慢靠近我們。

「那……那個，小優……？」

在緊張的氣氛下，我出聲叫了小優。

（糟糕——被小優聽到這些男孩的祕密了！？）

我的心臟開始劇烈跳動。

小優走到我們面前，停了下來，接著她一一看著每個人的臉。

「『我們本來就不是人類』……數學同學，這句話是什麼意思？我今天絕對要徹底問清楚你們的來歷。」

小優話說完，卻沒有人回答她。

不只是我沒有回答，就連男孩們也一樣。

大家都表情嚴肅地，站在原地沉默著。

（怎麼辦……！）

小計也說過「神奇的力量」對小優似乎沒有效果。

男孩們的祕密，該不會就要被揭穿了吧……！

「小圓，我希望至少妳能對我說出實情。」

小優直接對我這麼說。

嚴肅的態度讓人不寒而慄。

從她的雙眼深處可以感受到那股，沒挖掘出真相絕不罷休的決心。

「拜託，身為妳的好朋友，也想成為幫助妳的人。我絕對會保守祕密。」

小優的話讓我好難過。

（我隱瞞祕密的這段期間，小優肯定早就察覺到異狀了吧……）

現在的小優，眉頭都皺在一起了。

她不是因為我瞞著祕密而生氣，而是打從心底為我擔心。

既然小優的態度如此認真，那麼也許可以……

我用力抓住小計的身旁。

「……小計，就告訴小優吧。」

我堅決地如此表示，小計則馬上把頭轉向另一邊，回答：「我不要。」

「這樣風險太大了。如果她不相信，還告訴其他人怎麼辦？而且我們也不知道『那股力量』

的影響有多大，說不定最壞的情形就是，我們無法在這裡生活。」

小計直接把他擔心的事說出來。

……但他考慮的層面的確更周全。

畢竟小計對小優還不是很熟悉，男孩們不敢輕易洩漏祕密給陌生人知情。

但是……我和小優已經認識七年了。

她是會為了好朋友熬夜擬定訓練表；勇於對抗年紀比自己大的霸凌者。

看到有困難的人，她也會全力幫助。

小優就是這樣的人。

這一點，我比在場所有人都還清楚！

「我可以理解小計的想法，但是我相信小優。我相信向小優說明，可以讓她明白我們的處境，而且她也絕對不會向其他人說出大家的祕密。」

「不……可是……」

「我向你保證！小優百分之百沒問題的！所以拜託讓我對她說實話！」

面對說不出話的小計，我盡全力說服他。

小計似乎也說不過我，面有難色地思考起來。

接著，輕聲嘆了一口氣。

「……我知道了。就讓我來說吧。」

小計向小優說出了關於壽命的事，而且也把學科男孩的祕密告訴她。

男孩們其實誕生自課本，不是真正的人類。

他們真心希望我的成績能有所進步，所以主動成為我的家教。

身邊的人們因為被神明操控記憶的緣故，才會對四個男孩突然寄住到我家的事毫不懷疑……

聽完小計的話後，小優沉默了一陣子。

從表情看來，她在不知所措中，試著逐漸接受這些事情。

「突然這樣講，妳可能也不相信吧……？但是，這都是真的。對不起，一直瞞著妳。」

說完後，小優輕輕搖了搖頭。

「……不，我相信妳們。我的確對剛才的解釋感到訝異，但也大致上能接受那些荒謬的說法……最重要的是，我相信小圓不會對我說謊。」

小優笑著說。

（太好了，小優果然相信我！）

現在先暫時讓我放心了。

不過，小優又接著說：

「但是，即使我相信你們不是人類，但還是無法輕易贊同你們的作法。特別是數學同學，你的拒絕參加運動會宣言，還有對小圓兇巴巴的態度，我一直都看在眼裡。更何況體育也是一項重要的學科，如果用『不想最後一名』的理由拒絕參加運動會，那就等於每個學科都能用這個理由『拒絕』了。」

「這是歪理。而且真要說的話，成島才對我兇巴巴的呢。」

「我……我才沒兇巴巴！我只是要你注意自己的言行！」

小優略微憤怒地指控，小計也生起氣來。

小優與小計到現在還是有理說不清的狀態，主要是因為我們仍然對小優隱瞞了一件事。

小計會拒絕參加運動會，其實是為了讓我增加複習國語的時間，好幫助小詞延續壽命。

如果把這件事說出來，就得透露出成績和男孩們壽命相關的祕密了……

（小計不把壽命的事情告訴小優，大概是為了『不讓更多人擔心小詞』吧……？）

小計這個人感覺確實脾氣不太好，但其實也是很細膩的。

我可以感受得出來，小計很擔心小詞。

他會這樣對待小優，可能是看到小優「熬夜做出來的短跑訓練表」後，才覺得「最好別把壽命的事告訴她比較好」吧？

很可能也是因為他理解小優有著異於常人的責任感，才更想要避免小優因為過度擔心，而弄壞了身體健康。

就連我也因為知道自己的考試成績影響到男孩們的壽命，而感到責任沉重。

我不希望連小優也背負著這個責任……

「……數學同學，關於拒絕參加運動會的事，你還沒有改變主意嗎？」

過了一下子，小優再次開口問。

對於小優的問題，小計毫不掩飾地點頭回答：「沒有改變。」

「我承認體育也是唸書的學科之一，但運動會就另當別論了。運動會只不過是活動而已。與其浪費時間在這個活動上，還不如唸書，對將來的發展更有幫助。而且小圓自己也不想改變優先用功唸書的想法。」

小計看向我。

看我什麼話都沒說，小優咬著下唇開始反駁小計。

「我……我不這麼認為！小圓現在已經開始積極努力練習跑步了。而且就是因為那是活動，大家能體驗到除了唸書以外的事情。透過競賽，不但可以加深班上同學們的感情，而且其他班用心參與的模樣，也能刺激彼此的向上心。還有便當也……」

小優欲言又止，似乎想說什麼卻又沒有說出口。

她的眉頭緊皺，低頭不語。

周圍一片氣氛凝重的沉默。

（不管是小優還是小計，都是為他人著想而堅持己見、彼此對立……而且他們兩邊的意見，都沒有錯啊……）

我帶著不安的心情，看著小優和小計。

一個是我從讀幼稚園開始，就始終在身邊的好朋友。

另一個是化為人類前，就始終守護在身邊的學科男孩。

他們兩個都是我最重視的存在。

當然，我也不想讓小詞輕易犧牲，我今後還想跟他一起生活。

但是，在經過認真思考後，我也想守護小優對我的心意。

（既然這樣，那我就……）

我把手放在胸前，認真傾聽內心真正的感受。

希望大家可以開心笑著。

希望所重視的人們，可以一直笑著。

只要我努力付出，這個願望肯定能實現——！

「小優，妳看這個！」

我把國字考卷拿出來，並且打開來。

「這是剛才考完的國字考卷，我第一次考到七十分的成績！」

小優一看到我的考卷後，睜大眼睛。

「好厲害……妳好厲害，小圓！」

「對吧！？連我也嚇一跳！」

「我記得妳之前的實力測驗，也比以前更進步了……真的很厲害。小圓，妳的努力確實得到回報了！」

小優是真心為我高興，連她本人都開心地跳了起來。

她高興的模樣，讓我的視線開始有些朦朧，而且她還跑過來緊握我的雙手。

（明明不關自己的事，卻如此為我的進步感到高興……）

我的眼淚也因此流了下來。

向小優坦白男孩們的事，果然是正確的決定。

一直對這個擔心我的人隱瞞祕密，讓我好痛苦。

「小優，謝謝妳。……不過，我會開始努力唸書……主要還是這四個男孩的功勞。」

小優驚訝地看著我。

「我原本決定不再唸書的。但會想再次『試著努力用功』，就是小計、小詞、小理、小歷在身旁鼓勵我。如果沒有他們的幫助，我現在的狀況可能會更糟吧。還有……有些理由雖然一時之間無法說明清楚，但總之，我現在真的非常需要有足夠的時間唸書。」

雖然不能讓小優知道所有實情，還是讓我感到有些難過。

但這次我要盡我最大的努力，直接向小優說明自己的想法。

「其實……小優幫我規畫出來的跑步訓練表，對我來說有點困難。因為那會讓我複習功課時，更想睡覺。沒想到兼顧唸書和體能訓練是這麼不容易啊……」

小優仔細聆聽著我一直不敢說出口的話。

忽然回應：「這樣啊……」接著，將視線轉向男孩們。

「雖然我還是無法相信你們，但你們確實是好家教。我也跟你們一樣，從以前就知道小圓一直試著努力用功，想在學業上獲得好成績。但是，我卻沒辦法幫助她進步……」

「才……才不是這樣！小優一直在我身邊為我加油……」

「沒關係，別再說了。」

小優對我搖搖頭。

「我明白了。小圓都這麼說了，就表示你們真的有苦衷。所以拒絕參加運動會的事情，我也不會再逼問。既然小圓希望自己能先用功唸書，那我也會支持小圓。」

小優說話的語調，聽起來有點感傷。

看到這樣的小優，我慌張地緊緊握住她無力垂下的雙手。

「小優！不是妳想的那樣啦！我還是會參加運動會！」

「咦？」

「跑步訓練我會確實做好，唸書也會比之前更努力。跟小優一起練跑的事，我不想半途而廢。就像我現在很想考出好成績那樣，我也充滿了『想在運動會上擺脫最後一名』的幹勁喔。」

小優驚訝地看著我。

我認真地看著她的雙眼。

「我想說的就是：『唸書和運動會我都會努力準備！』。但是，現在要我兼顧，還是有點困難……所以，我還是拜託小優！跟我一起想出兩邊都兼顧的方法！而且還要跟小計他們好好相處、一起合作！」

小優與男孩們聽了，全都睜大雙眼。

「要我們……好好相處……？」

「對啊！」

我決定了。

無論是運動會，還是唸書，我都會努力做好。

因為我認為自己只能努力了！

當然也會拚盡全力，讓小詞的身體恢復正常。

在達到這些目的之前，就是要先讓小優和男孩們可以開心地和睦相處！

「我贊成！」

小歷笑著這麼說。

「小圓都說自己想擺脫最後一名，那我們當然也會幫她實現這個願望囉！而且我們這裡老是一群男孩窩在一起，能有其他女孩加入，根本就該普天同慶！」

「我也贊成，大家能友善相處會更快樂呀。」

小理摸著小龍，開心地笑著說。

「我也希望大家能贊成這個意見。因為我認為小圓的身邊，必須要有成島同學這位良師益友。」

小詞看著小優這麼說。

小優有些困惑地一一看著每個男孩——然後在小計那邊停住。

「……數學同學怎麼想呢？」

小計一臉困擾地雙手抱胸。

他的臉維持著思考狀態，看著笑瞇瞇的三個男孩和我。

「……仔細想想，如果小圓的基礎體能可以提昇，那就更能擴展唸書時間了。」

小計輕聲嘀咕著。

「雖然我認為很難做到兼顧運動會和唸書……但還是希望成島可以幫忙。」

「……可以啊，當然沒問題！」

小優這次果斷地點頭答應。

本來針鋒相對的兩人，瞬間成為夥伴。

我的心中也放下一顆大石頭。

「謝謝妳，小優！沒有什麼比小優出手幫忙還更可靠了！呃……這叫什麼人力來著？」

「『百人之力』，對吧？」

「啊，對！」

我嘿嘿地對著小詞笑。

忽然間，他的表情沉了下來。

「小圓……唸書時，請不要太勉強自己。不需要太在乎我的安危，畢竟妳的身體健康才是最重要的。」

小詞擔心地說著。

啊……難道小詞開始覺得「都是自己的錯，才讓別人如此勉強自己」!?

我著急地用手左右亂揮。

「不是這樣啦，我不是為了小詞！我是為了自己努力的！考出好成績當然會很開心，變得更想讀書呀！」

這麼一說，小詞的表情雖然感覺得出來內心仍然糾結，但還是對我點頭肯定。

「……這樣啊。那我也會在自己的能力範圍內，提供協助。」

「好！謝謝你！」

我笑著點點頭，小詞也微笑著。

笑容果然還是最適合小詞了，他的微笑實在太棒了。

雖然對自己的身體狀況感到不安，但他依然關心著我的健康，小詞就是這麼體貼。

那我必須多注意自己的表現，不要再讓他擔心了！

「那不參加運動會的計畫就取消吧。小圓，既然決定要參加，就要堅持到底。」

「小圓，我們一起努力吧！把目標鎖定在『文武雙全』上！」

「好！」

我們趁著高昂的氣勢，一起高舉拳頭大聲呼喊。

……話說回來。

什麼是「聞舞霜拳」啊？

6　立志成為文武雙全的人！

「『文武雙全』是『學問和武藝都很出眾』的意思。換句話說，不只是平時會唸書和運動而已，兩者還能累積出優秀成果。也可以用來形容所有事情都能取得好成績的人。」

說明完畢後，小詞一如往常地把隨身帶的字典闔上。

「原來是這樣啊～！那小優根本就是文武雙全嘛！」

「才沒這回事呢！我離文武雙全還差得遠……不過，還是很謝謝小圓的誇獎……」

聽到我這麼說，小優也害羞了起來。

這時，小歷笑嘻嘻地湊過來看著小優。

「哇，小優害羞的樣子很稀奇耶。好可愛喔！」

「……是嗎。」

小優的表情瞬間變得正經八百。

「欸，怎麼這樣!?又變得不害羞了!?對我用這種態度會不會太過分了啊!?」

小歷像是很不甘心似地在原地跺腳。

我們在放學後的川堂集合。

因為從今天起要立即執行「文武雙全大作戰」，好幫助我兼顧跑步訓練和唸書的任務！

運動會大約在兩個禮拜後舉辦，而接著的國語單元測驗是在補假後的隔天。

有男孩們幫我針對科目補習，還有常常考滿分的小優輔助，真的有如「百人之力」……不對，像是有「千人之力」在幫助我！

「首先，五年級參加的項目有短跑、障礙賽跑、跳舞。其中唯一的個人項目是短跑。至於要比去年運動會成績還要進步的目標，就設定在『奪得短跑項目第一名』。」

拿著哨子和碼錶的小計，用很堅定的口氣宣告我們的目標。

嗚，總覺得和我期待的目標差很多……

「那個……雖然我打算努力訓練，但要我這個連續七年都最後一名的人突然跑第一……不可能啦……」

「只要有一％的機率可以辦到，就不要說做不到。當然，鍛鍊體能的同時也要維持複習國語的進度。」

「至少……把目標放在第四名，不……第五名好了……」

「等等，為什麼要優先複習國語？小圓最不擅長的科目是數學喔。」

小優的這番話，讓大家嚇了一跳。

雖然我們已經把男孩們從課本誕生的事情告訴小優，但為了不讓小優擔心壽命問題，所以打算先不對小優說這個祕密。

畢竟，我們無法把「沒複習好國語，小詞就會消失」的事說出口。

這時我低著頭不敢亂說，倒是小計比我們先開口回應：

「當然會讓小圓複習其他科目，但現在想要以國語為優先。因為必須讓她在運動會後的國語單元測驗中拿到滿分。」

「咦～滿分!?不可能啦！我不可能辦得到！」

「我剛才就叫妳別隨便說自己不可能做到了！否則妳用算式證明自己做不到給我看！」

「用算的我更加不可能啦～～～！」

小計老是提出不合理的要求！

我和小計你一言我一語地吵起來，小優看了像是放棄溝通般，垂頭喪氣。

「好了啦，我知道了，複習就以國語單元測驗為主吧。不要把時間浪費在鬥嘴上了。」

「是啊，成島說的沒錯，剛才我們已經浪費了46.79秒。小詞，你準備好了嗎？」

小計立刻無視我的存在，直接從我身邊經過，往小詞那裡走去。

小詞低頭放下字典，把放在旁邊的素描本拿起來。

「是的。我們的複習重點是下次單元測驗的考試範圍裡，『**慣用句**』的使用法。」

啊，慣用句就是最近上課剛教到的內容。

「就是像諺語那一類的東西吧？」

「是的。另外，妳知道『**慣用句**』、『**諺語**』、『**成語**』，這三個有何不同？」

「咦……」

突然問我，我整個人變得超沒有自信。

呃……成語的話，應該就是小詞之前教的「狗急跳牆」吧？

但是，要我說出這三個有什麼不同，還真是沒有頭緒呢。

「從比較籠統的觀點來看，這三個的確很相似，但它們彼此間還是有不一樣的地方。首先就讓我來舉個例子吧。」

小詞在說完的同時，開始拿筆在素描本上寫字。

腳步沉重

急事繞道走

五十步笑百步

「既然快舉辦運動會了，那就將與『腳』相關的用法放在一起看吧。從右到左分別是『慣用句』、『諺語』、『成語』。妳知道各自是什麼意思嗎？」

我將臉靠過去，仔細看著這三個詞。

「『腳步沉重』……是什麼啊？『腳很累』的意思嗎……？」

「妳說的雖然不算錯誤，但『腳步沉重』作為慣用句，就是用來表現『不想移動雙腳做某些事』的意思。」

喔！原來是這樣啊！

每次到了數學考試當天，我的確會因為不想去學校而覺得「腳步沉重」，

「此外，還有形容疲勞的『鐵腿』，還有情緒無法冷靜的『亂了陣腳』。相較於諺語有很多獨特的表達方式，慣用句的特徵就是會隨著搭配字詞的不同，而產生不同的意義。」

喔，原來要形容疲勞時可以用「鐵腿」啊。

好像還蠻有趣的。

「接著是『急事繞道走』，意思是『與其急忙走在危險的近路上，不如繞道走在相對安全的路上』。諺語的特徵在於，古人將智慧教導給後人。」

「啊～諺語用起來很像是有種『我講起這句話也很有深度～』的感覺！」

小歷開心地發表意見。

而旁邊的小理，則是稍微低著頭思考。

「咦？但『五十步笑百步』則是將『彼此沒有太大的區別』的涵義教導給別人？」

「嗯……我記得成語主要來自中國的寓言故事。」

小優這麼說，小詞聽了也高興地點點頭。

「是的。『五十步笑百步』是古中國一位名叫孟子的人所說的寓言。形容戰場上向後逃跑五十步的士兵和逃跑一百步的士兵相比，在『臨陣逃跑』的這個意義上，並沒有太大的差別。換句話說，帶有『彼此彼此』的涵義。」

「原來是這樣啊～！」

小計一臉恍然大悟的樣子。

小計紅著臉說：「我的意思是，其實我大致上知道啦。」然後轉過頭，不理我們。

看來在場的成員中，只有我和小計最不懂國語了。

「慣用句、諺語、成語啊……」

雖然剛接觸，不過大概已經能瞭解三者的不同了。

「至於今天的複習內容，就是要用身體記憶與身體相關的慣用句。我稱為『用身體記住詞語表現大作戰』！」

隨著小詞大聲宣布，文武雙全大作戰終於開始了！

「能讓跑步變快的肌肉是大腿、小腿肚、髖關節和肩膀周圍的肌肉。優優擬定好的訓練表很精實，所以我們先用來當作參考，另外再擬一個適合初學者練跑的簡單訓練吧。」

「我知道了。裡面有附圖片的詳細解說，可以拿那幾頁當作重點。」

小理和小優一起開始擬定運動的訓練表了。

小優熬夜寫出那麼大一疊的運動訓練表，真的幫了不少忙。

基本訓練項目有伏地挺身、仰臥起坐、深蹲、踏台運動、跳繩、跑步。

這些項目的訓練次數和每日訓練時間，小計都已經算好了。

先確定好要在每天的固定時間內，必須進行的訓練次數是很重要的事。

「一……二……三……」

不是只有我在鍛鍊肌肉，就連大家也陪我一起鍛鍊。

一組訓練進行十次動作就能結束，而訓練時小詞會隨機出考題要我回答。

「小圓，請問『放低身段』是什麼意思？」

「呃……那是……哈呼哈呼……老人家會彎腰駝背……所以是『年紀很大』的意思！」

「很遺憾，答錯了。再來由小計回答。」

「咦？就是那個嘛……『身體疲勞酸痛』之類的……？」

「正確答案是『謙虛』的意思。請用『身體放低，讓自己抬頭看著對方，是謙虛的人』來記憶。現在答錯問題的兩位必須追加十次伏地挺身，還有伏地挺身時，也要複誦答案。」

小詞毫不留情地下指示。

我一邊在內心發出淒厲的哀號，一邊咬緊牙關。

「身……『放低身段』是『謙虛』……『放低身段』是『謙虛』……」

嗚嗚……我的手好酸……

不行了，我快要放棄了……

（啊啊……如果這些結束後，就是吃點心的時間就好了……）

就在我開始恍神並且產生這種想法的同時，

突然看到眼前有一片美麗的花田。

一陣溫柔的風吹來，把我身上的痛苦全都吹走了。

我抬頭往上看，湛藍的天空有個閃閃發光的東西降落。

「今天的點心是鬆餅喔～」

兔子笑瞇瞇地這麼說。

我開始張望著四周。

但是，完全沒有看到鬆餅。

「……奇怪？鬆餅在哪裡？」

「大家現在正要開始做鬆餅唷！」

「小圓，妳來負責攪拌麵糊吧！」

松鼠把放著麵糊的大碗和打蛋器遞給我。

嗯～雖然不能直接吃有點美中不足……

「好！我會努力攪拌的！」

拿出幹勁，開始迅速用力攪拌。

好想早點吃到鬆餅喔。

攪拌攪拌……

攪拌攪拌……

「嗚……怎麼回事……麵糊變超硬的……」

不管我怎麼用力轉動打蛋器，碗裡的麵糊都牢牢不動。

這樣沒辦法把麵糊打散啊！

「咕嗚嗚嗚嗚……」

我咬著牙齒，雙手用盡力氣。

「小圓，一定要攪拌均勻才行喔！」

「就……就算你對我這麼說，我也……」

我……我的手……手快要斷掉了！

「呀————！」

「哇!?」

我突然聽到慘叫聲，整個人也被嚇得趴在地上。

眼前所看到的，也是現實世界的地面。

「嗚，好痛喔……」

糟……糟糕了。

我又逃避現實，逃到一直都會幻想的世界裡去了！

「嗚……好重……」

旁邊忽然傳來跟我一樣的慘叫聲。

往聲音的方向看過去，原來是在我隔壁做伏地挺身的小計被壓在地上。

痛苦的慘叫就是小計發出來的。

而且不知道為什麼，他的背上居然還跨坐著小理和小歷。

「喂……小理、小歷！你們兩個為什麼要騎在我身上……！」

「反正都要伏地挺身，多給點挑戰不是會更熱血沸騰嗎？身為橫綱力士的千代富士，他以前似乎也是每天伏地挺身一千次。」

「我……我又不是相撲力士……！」

「可是小計，肌力訓練就是要加強負重才會提昇效果喔。」

「嗯？小理，加強負重是什麼？」

正站起身的小理聽到我這麼問後，走到我旁邊拍拍自己手上的灰塵。

「簡單來說，就是『增加身上背負的重量』。在進行肌力訓練時，肌肉纖維會因為刺激而出現局部性破壞。刺激越強，遭到破壞的肌肉纖維也越多。所以在進行高強度運動後，常常會產生嚴重的肌肉疼痛。」

「咦？纖維被破壞……這樣真的沒事嗎？」

這樣不就等於是受傷嗎!?

我不安地摸起手來。

「沒關係的，訓練過後只要確實攝取蛋白質，還有好好地讓身體休息，遭到破壞的肌肉纖維就會復原。而且復原後的肌肉纖維也會變得比之前還要強壯。這也就是為何肌力訓練可以增強肌肉的原因。」

「原來如此！」

我都不知道肌力訓練是這種原理。

那代表肌肉酸痛時，就是身體拚命治療肌肉的時刻了！

「另外，要攝取蛋白質可以吃肉、牛奶、雞蛋等食物。」

「喔！那我們要不要吃白醬燉肉和雞蛋沙拉啊？今天晚上就請小梅做吧～」

「哇，好啊！」

大家聊天時，地上傳來一聲虛弱顫抖的叫聲。

「你們到底要坐在我身上多久啊！快點走開啦！」

小計生氣地在地上亂踢。

「哇！我完全忘記了！抱歉抱歉！」

小曆一邊站起來，一邊伸出手想扶起小計。

「可惡，你們給我記住……」

小計一臉不高興，抓住小曆的手——這時。

小計的衣服被往上捲，能看到他側腹部的文字。

花丸圓 100分

噗通，我的心臟鼓動了一下。

好懷念，那是媽媽寫下的字。

「今後妳或許還會遇到難過的事情。但是小圓肯定可以克服難關。因為『花丸圓就是一〇〇分』喔。」

我想起之前媽媽在夢中所說的話。

依然擔心我的媽媽，即使人在天國，也會守護著我。

就算已經無法相見，但我的內心，仍然可以感覺媽媽的存在。

（我早就決定好要努力了……要是這點程度就招架不住，一定會被媽媽笑的！）

這麼一想後，感覺胸口有一股奮發向上的能量湧出。

我再度用雙手撐住地面，一鼓作氣地靠手臂伏地挺身。

「嗚……九……十……」

剩下沒做完的兩次終於完成！

我上氣不接下氣地坐在地上，小詞似乎很擔心我，所以在我旁邊蹲下。

「小圓，妳還可以吧？要不要稍微休息一下……」

「沒事的……！我沒問題！請你再唸下一題吧！」

我提起幹勁，擦掉額頭上的汗水這麼說道。

看到我這樣，小詞的眼神好像很難過。

「請不要勉強自己……要是兩項兼顧很困難的話，這次的慣用句複習就先休息，以跑步訓練為優先吧。」

「我不覺得勉強啦。沒關係，我沒問題的！」

「可是……」

「對了，小詞不是說過有言靈的力量嗎！那我打從心底相信自己『沒問題』，說不定也會成真吧！」

接著，我輕鬆地點頭，自我肯定自己的說法。

「……我知道了。那麼下一題，『露一手』的意思為何？」

「呃……那個就是……就是……我知道了！就跟做過伏地挺身一樣，『手臂露出來』！」

我對這個答案很有自信！

所以用充滿信心的態度，等著小詞宣布答案。

「……很遺憾，答案是『發揮實力』的意思。」

嗚哇！居然猜錯了！

「『露』並非是『暴露』的意思，而是『表現』的意思。記憶時可以用跑步時手臂大幅度擺動的姿態加以聯想。」

「嗯……我會努力記下……」

我一邊點頭回應小詞的解說，一邊抓著自己的頭。

想要用簡單的方法記下慣用句真的好難喔！

「接下來請仰臥起坐十次……不過也不用勉強。體力上真的撐不下去的話，就直說吧。」

小詞又開始在意起我的身體狀況了。

明明我只是有那麼一瞬間露出痛苦表情而已。

同時，我又想起小計對我說過的話。

——那小子對別人的感受和態度很敏感。要是他覺得自己讓我們的日子過得很淒慘，百分之百會變得更消沉。

（對了……小詞很溫柔，很在乎他人的感受。要是我露出痛苦的模樣，就會讓小詞擔心！）

我深呼吸，將心中的不安排除。

好了！我的鬥志燃燒了起來！

「我完全沒問題喔！還可以繼續保持下去！」

過了兩小時以後，我終於做完訓練表上所有的運動了。

周圍也染上了夕陽的餘暉。

在充分補給水分後，我們就結束今天的訓練了。

「小圓，明天見囉。」

「嗯！小優今天真謝謝妳。」

跟小優說拜拜後，就在我準備踏出腳步時。

劈哩劈哩

「嗚……」

這……這是怎麼樣！我的腳為什麼不聽使喚！

硬梆梆的動彈不得，簡直就不像是長在我身上的腳。

「這……這簡直就是『鐵腿』……」

我不經意地說出這個感想。

「沒錯！就是這樣，小圓說得對極了！」

小詞一臉開心地說道。

「只要越能瞭解各種用語，就越能用適合的詞彙表達自己的狀況和心境。原本曖昧籠統的表現在經過詞彙定義後，就能讓聽妳說話的人，準確瞭解到涵義。……所謂的詞彙就是這麼有趣啊。」

小詞笑瞇瞇地彎起雙眼。

（詞彙很有趣……是嗎？）

之前小詞單手抱著字典對我說：「瞭解詞彙很有趣，可以擴大我們對於世界的觀點」，當時我只有「喔，這樣啊」的感想，只覺得他是個很不可思議的男孩而已。

不過，我現在稍微可以理解小詞這麼說的意思了。

「嗯……！我也覺得自己能瞭解哪裡有趣了！」

我說完以後，小詞露出有點驚訝的表情。

「……太好了。」

他輕聲細語地說道。

「小圓已經……但是……不過已經沒問題了……」

一陣風吹過來，將小詞的聲音蓋住，讓我無法完全聽到他說的話。

「咦？抱歉，你剛才說什麼？」

對於我的問題，小詞只是搖搖頭。

「沒有，沒什麼事。」

並且用溫暖的笑容回應我。

7 學科式賽跑訓練

一邊進行運動會訓練，一邊記憶慣用句的「用身體記住詞語表現大作戰」，到今天進行到第十天了。

由於每天早上和放學後的訓練，我的體能也逐漸練起來了，就連慣用句也記了不少。

除了肌力訓練和唸書之外，今天也要開始實地進行提昇跑速的跑步訓練！

「我們的目標不是只有讓小圓強化肌力，而是『奪得短跑項目第一名』。所以從今天起要開始真正的跑步練習囉！」

小計很有精神地說。

站在旁邊的小優也用認真的表情點頭附和。

「小圓在經過正確理論下的實作訓練後，這次能驗收到多少成果，我也很感興趣。」

「是啊。幸好我們在個別科目上是專家，可以在各自領域上，互相討論意見。」

……這兩個人的性格還真像，沒想到這麼合得來。

他們都是有領導能力的類型，目的相同的話，就能順利溝通。

原本還是針鋒相對，看到他們現在像是好夥伴一樣，讓我覺得有些感動。

「那我們正式開始吧。這次要以跑得快為前提來進行訓練，所以各位男孩請發表自己的意見——」

「這邊～，我要建議！」

小優話才剛說完，小歷馬上舉手。

小歷很理所當然地湊到小優旁邊，並且用手搭著她的肩膀。

「我想到一個點子，要不要試試『跑走法』？」

「跑走……你以為現在是胡鬧的時候嗎？還有你的手是什麼意思!?」

「哎唷，不是啦！不是要妳跑走，是跑．走．法！」

即使自己的手被小優狠狠拍掉，小歷也若無其事地繼續講下去。

雖然現在才注意到，但他們二個的個性應該合不來。

擔心歸擔心，小歷還是很正經地開始說明。

「到江戶時代為止，日本曾流傳一種『跑走法』的特殊跑步方式。必須將重心放低、身體向前挺直、避免雙臂大幅度擺動，用類似快步走動的方式跑步。」

「……嗯，可是我想像不出是什麼樣子耶。」

「只用說的很難解釋清楚～。但據說江戶時代的飛腳——也就是現在的郵差，用跑走法的方式跑步，一天可以跑十公里喔。這種速度已經算超快的，如果小圓練習這種跑法，肯定能拿到第一名。」

小歷很有自信地這麼說。

大家雖然對這個方法有些疑惑，不過也接納了小歷的意見。

「……好吧，還是得多嘗試看看。」

小計用嚴肅的表情點頭同意小歷的意見。

就照著小計說的那樣，嘗試看看就對了！

咦？

重心放低、維持身體向前的姿態，盡量不讓雙臂擺動……還要快步行走……？

嘶嘶嘶嘶嘶

雖然我想照著小歷說的那樣試試看，可是完全沒有概念。

這樣真的沒錯嗎……？

總覺得這根本就像是「可疑的怪忍者」……

「哇哈哈！笨丸不圓妳在做什麼啊～！」

忽然間，我聽到對面傳來有人大笑的聲音。

「喂！笨丸不圓！妳終於放棄了啊？」

「就算確定會最後一名，還不放棄搞笑的精神，實在太值得尊敬囉！」

班上的男孩們，居然在那邊捧腹大笑。

可惡！氣死我了！

我生氣地瞪著他們時，後面傳來「你們別這樣！」的聲音。

「我不允許有人看不起努力的人！你們實在是太壞了！」

小優生氣地走向前，對他們表示抗議。

那些男孩故意挑釁地說：「好可怕喔～」「資優生大人原諒我嘛～」然後轉身逃跑。

「真是的……小圓，妳別放在心上。」

「嗯。謝謝妳，小優。」

小優幫我出了一口氣，心情總算舒服多了。

「但跑走法做起來的樣子很怪，跑起來也很難。這真的是比較好的跑法嗎？」

「好怪喔～。江戶時代的飛腳都認為這是最好的跑法。」

小歷困惑地搔起頭來。

在旁邊的小計嘆了一口氣。

他接著說：「現在稍微想一下，其實一流的短跑選手在比賽中都會大幅度擺手。如果跑走法比較快，那就會成為現在選手們的主流跑法了。」

「喔～確實是這樣！」

「什麼確實是這樣！真受不了，浪費了寶貴時間……」
小計不耐煩地回答。
小優就像是對小歷很失望般，對他說：「社會同學，希望你可以認真參與討論。」
小歷回答：「不，我很認真的！不過仔細想想，古人都是穿著草鞋那種比較薄的鞋子，也許是為了不讓腳底承受太大的衝擊，才會自然而然地那樣跑步。現代人穿的鞋子都很堅固，或許用普通的跑法會比較好！哈哈哈。」
「有什麼好哈哈哈的……」
小優的眉毛抽搐了一下。
小歷再那麼不正經的話，恐怕會馬上點燃小優的怒火。
正經而且認真的小優，對上隨性又自由小歷。
……怎麼想都覺得他們會合不來。
看到這個景象，我只能扶著額頭嘆氣。
可以的話，希望大家至少能夠和睦相處。

「把小歷剛才的意見略過，我又想出其他大概的方案了。」

小計整理好情緒，再度發表自己的意見。

「首先，我們把目標放在『速度』上面。小圓，妳知道數學裡對『速度』的定義是什麼嗎？」

突然出題考我，讓我不知所措。

「呃……就是……很快……那樣吧？」

「數學中所定義的『速度』就是特定時間內所能達到的距離，也就是『速率』。以一小時為單位所算出的速度就是『時速』；以一分鐘為標準是『分速』；以一秒鐘為標準是『秒速』。這是小學六年級才會教到的範圍，妳現在不懂也沒關係。」

太……太好了！

剛才我以為自己忘了早就學過的範圍，緊張了一下。

小計拿起木棒，開始在地上寫出算式。

「計算速率的公式是『距離÷時間』。在50m的距離內，小學五年級的女生能跑完的平均時間為9秒60，也就是秒速是一秒跑5.21m。小圓如果是這樣的話，就無法跑到第一名。

而我們學校要跑第一大概要用8秒74，所以小圓的跑步速度最好要以提升到秒速5.72m為目標。」

50m÷9.60＝5.21m／秒

50m÷8.74＝5.72m／秒

「一秒內跑步的速率會有『5.21m』和『5.72m』的分別，關鍵在於『腳的踏步次數』和『步幅』。如果能提昇這兩個關鍵，就能拉大一秒內的移動距離。而這也代表跑步速度能確實提昇。『理論上』而言啦。」

「又是『理論上』啊……」

記得以前為了提昇數學考試的成績，寫了一堆練習講義，那時他也對我說：「把這些通通都寫完，理論上就能考滿分。」

小計嘴裡說的「理論上」都很勉強，所以我不太相信是否管用。

「那我也要發表意見！從人體的跑步構造來看，無論大人還是小孩，腳的踏步次數上限通常是一秒內跑四到五步。圓圓因為不太會跑步，現在一秒大概是跑兩到三步。」

小理提出看法後，小計像是佩服般地，跟著點頭附和。

「原來如此，真是有用的資訊。那我假設，如果以跑四步為目標，就是『5.72÷4＝1.43』。因此步幅的目標可設定為1.43m。」

小計用木棒在地上劃一條直線。

「1.43m大概是這樣的距離。」

咦……

看到地上那條線後，我整個人傻眼了。

那個～我說這條線啊，怎麼看都已經跟我的身高一樣了

耶……？

一步就要跨出這麼大的距離，我絕對無法辦到吧!?

「重點還是在腳盡量動得快，一步的步幅盡量加大。雖然不用我多說，但像這樣把目標數據化，就能簡單瞭解該做到什麼程度了。」

「是啊。怎麼樣有效率地加快腳的踏步速度，就是決定跑步速度的重點吧。」

「欸欸，真的要我踏這麼大的腳步嗎？」

我擔心地詢問，結果小優和小計一臉理所當然地點頭表示「沒錯」。

嗚哇！

我已經從這兩人的身上，看見未來會有超嚴格的魔鬼訓練～！

「啊。我還有一個想法要跟大家說。」

在我快要哭出來時，小理又出聲叫住大家。

「我認為可以利用『作用力與反作用力定律』。」

坐用與反坐用？

是在唸經嗎？

在我感到疑惑時，小理向小詞借了素描本，並在上面畫一雙腳。

小理在接觸地面的那隻腳畫了一個向下的箭頭，然後又在反方向又畫了另一個向上的箭頭。

「用力往地面踩的同時，那個力量也會反彈回來。越是用力踩，反彈的力量越大。相反地，踩得力氣越輕，就只會有很輕的力量反彈。這就是『作用力與反作用力定律』喔。」

……嗯，我有點想像不出來。

聽了小理的說明後，我開始試著用力踩向地面。

用力踩的話，就會有很大的力量……

「啊，真的耶！」

而且我也感覺到……！隨著力道的控制，反彈回來的力量也會改變！

原來這種平日習以為常的事情，在學業的領域上，也有自己的名稱呢！我有點被感動！

「還有，比起用整個腳掌踩踏地面，用腳尖踩地面，會更有力量喔。這是因為力量的接觸面積較小，所以整體力量不會被分散。」

我只是試試看而已，沒想到用腳尖踩下去，真的有更強的力量反彈回來。

比起聽他們解說，用身體親自去感受，更容易瞭解其中的意思。

「換句話說，用腳尖用力踏地後跑出去時，大腿接收到的反作用力會比單靠自身肌力向前跑還要更大。當大腿受到較大彈跳力影響，下一步也會因此移動得更遠。」

「只要一步就可以跑很遠……這就是小計說的『步幅』變大的意思囉！」

「是啊。踏往地面的反作用力可以成為跑步時的助力——也就是說，要讓整個地面變成妳的幫手！」

讓地面變成我的幫手……！

這聽起來好像很厲害耶！

在我對此感動的同時，這次換小詞舉手，想表達自己的意見了。

「最後就由我以國語的觀點，來說明慣用句在『姿勢』上的重點吧。」

小詞從小理的手中拿回素描本，然後開始快速地寫下文字。

「起跑時是謙虛低調的『放低身段』，到了中段快跑時是靠手臂擺動『露一手』來發揮實力。抵達終點後，就是自信滿滿地『挺起胸膛』。」

「……啊，好厲害喔！這樣慣用句的意思就可以一次記下來了。」

我很認真地看著素描本上的內容。

「放低身段」是「謙虛」。

「露一手」是「發揮實力」。

「挺起胸膛」是「有自信的樣子」。

這樣的話不只肌力訓練，就連跑步訓練時也可以學習慣用句了。

而且在訓練時複誦，也變得更容易記憶。

「真不愧是小詞同學。在起跑時讓身體前傾，就可以自然地用腳尖跑步。」

「而且手臂擺動能加強上半身的平衡度，讓腳部更容易出力。挺起胸膛也很適合採取跨大步的動作。小詞果然很有一套呢！」

小優和小理都對小詞的意見讚不絕口。

「太好了。希望這樣能稍微幫上各位的忙……」

小詞微笑著。

雖然我因為短跑比賽總是最後一名，而對跑步這件事感到「很沒有自信」……但是經過大家的討論後，我產生出「自己或許也能跑得快」的想法。總覺得內心很期待自己能大顯身手呢！

「好，剩下的就只有實地演練了。現在每個人開始測量步幅……」

小計說話的時候，突然有一陣很強的風吹過來。

「哇!?」

因為風很強的關係，我有點慌張地穩住自己的腳步。

突然，我看到小詞的襯衫被風吹起一點。

（——咦……？）

看到那個景象，我倒抽了一口氣。

小詞的腹部……現在是透明的嗎？

「那…那個……」

我不知道該如何開口，只是呆看著小詞。

「嗚……」

這時旁邊傳來微弱的掙扎聲。

「咦……小優!?」

沒想到小優居然倒在地上。

我慌張蹲下去扶著小優。

「小優，妳沒事吧!?」

「嗚……風吹過來讓我失去平衡，大概是因為被小石頭絆倒，才沒站穩……」

小優低頭看著自己的腳踝部位。

這時小理迅速地跑了過來。

他稍微摸了一下小優的腳，然後馬上點了點頭。

「這個的話……算是輕度扭傷。最好不要亂動，不然會變得很難痊癒喔。」

「小優，不要勉強自己喔！」

「我沒問題的。」

小優身體不穩地站起來，同時還能看到她因為疼痛而皺起眉頭。

小優這個人從以前就很不擅長向別人求助。

似乎是因為小優的父母都忙著工作，所以她就算是在家裡，也會將自己所有該做好的事情處理好。

小優的責任感很強，唸書和運動也比任何人還厲害，而我也常常依賴她。

我老是讓小優幫忙。

很希望自己能幫助小優，但她卻總是用「我沒問題，妳別擔心」來拒絕我。

但是……現在這個狀況，我不能退讓。

「小優，我看我還是陪妳一起去保健室好了……」

「不用，我沒問題的。小圓還得繼續跟大家一起練習……」
小優試著走動，但表情又浮現疼痛的模樣。
她痛苦的表情，也讓我的心底很難受。
「小優拜託妳，不要再勉強自己了。我——」
「好！我知道了！」
一旁插嘴的聲音來自小歷。
在我驚訝地看著小歷時，他已經忽然走到小優面前，背對著小優單膝跪地。
「好了，請上來吧。」
聽到小歷這麼說後，小優驚訝地睜大眼睛。
「你……你要做什麼？」
「看就知道了吧？我要背著小優，直接送到保健室去！」
「什……什麼!?」
小優馬上大聲地拒絕。

「不要，我才不要被人背著！」

「可是在場所有人當中，我的身高最高，而且力氣也是最大的。小優應該還想繼續跟小圓一起練習跑步吧？」

小歷轉過身子，抬著頭向小優說。

小優則是雙眼睜得又圓又大，整個臉都紅了起來。

「可……可是我不想被男孩子背著，因為我不想讓別人看到這麼丟臉的樣子！而且我也不想欠人情。我自己能完成的事情，就要靠自己完成……」

「既然都受傷了，何必這麼固執。現在最重要的不是維持自尊，而是身體健康吧？而且妳與其覺得是『欠人情』，不如就當成是我情願這麼做。」

小歷表情認真地說道。

看到老是嘻皮笑臉的小歷說出這麼正經的話，頓時讓小優啞口無言。

「但…但是……」

「小優，妳聽過德蕾莎修女嗎？」

小歷忽然提起這個人。

「當……當然知道了。她奉獻自己的人生，幫助許多窮人和病人。她的事蹟我曾經從傳記中讀過。」

「她曾說過：『去理解而不是被理解，去愛而不是被愛』註。」

對於這些話，小優靜靜聆聽著。

小歷站了起來，走到小優的面前。

「我覺得，我跟小優在思考和生活方面完全不同。但正因為如此，我才更該理解小優才是。

比起讓妳來理解我，我自己反而想先理解妳。所以這次就當成我們和睦相處的第一步，先讓我牽妳的手站起來吧。」

小歷緩緩把手移過去。

至於小優則是一臉困惑地看著他的手。

「如果不想讓別人背著，搭肩膀也可以。」

「可……可是，我想還是不用……」

「啊──！妳真的很頑固耶！」

小歷像是突然生氣般，兩手抓著自己的頭。

「呀!?」

小歷沒有多說一句話，一口氣用雙手把小優抱了起來。

（哇！）

註：原文為Love than to be loved. Understand than to be understood.

這……這難道就是傳說中的公主抱嗎……!?

我第一次在現場看到!

「你……你你你幹什麼……!?」

「妳不要亂動。我對自己的力氣沒那麼有自信，要是摔下來，又會受傷喔。」

「……」

小優的臉現在變得比剛才還要紅了。

簡直是害羞到快要撐不下去，只能勉強忍耐著。

「盡……盡量快一點，這樣我很不好意思……」

小優的說話聲音非常小。

小歷偷偷看著她的臉，然後露出有點壞壞的微笑。

「遵命，我的小公主♥。」

「嗚#$%^&*!?」

小優就這樣被小歷帶走，同時我們還能聽到意味不明的喧鬧聲。

8 壽命之謎

「——唉，完全想不通。」

晚上的簷廊那裡，傳來嘆氣聲。

小計對著滿是數字的筆記本，一臉苦惱地唉聲嘆氣。

「小圓雖然已經提升成績，為什麼只有小詞的手會變成那樣呢？明明我們其他三個學科都因為提昇成績而確實延長壽命，身體也沒有出現其他異狀……」

「小詞的手不只變透明，現在甚至擴大到身體上。今天訓練時，我瞄了他的肚子一眼。」

「我也看到了。雖然小詞馬上就遮起來……但腹部那樣，我覺得情況已經惡化了。」

聽到他們這麼講後，我心痛而低頭不語。

在現場偷看小詞的人，有三個男孩和我。

現在小詞正在洗澡，外婆則是在客廳看電視。
（真的像小理說的一樣，小詞的身體變得比之前還要透明……）
今天練習時，不是只有我偶然發現小詞的腹部出現異狀，其他男孩似乎也察覺到了。
在不久之前，變透明的部位就只有手而已。
國字測驗雖然有得到好成績，本來我們認為小詞的狀況會變好，但卻不知為何，還是繼續惡化了……
「……之前小計快要消失時，在數學成績進步後，馬上就恢復正常了吧？」
「是啊。那時我也感覺到自己的壽命延長了。我原本以為考試分數和我們的壽命一定有關……如果真的是『考滿分就萬事ＯＫ』的簡單機制，那我們現在就不用這麼煩惱了。」
小計雙手交叉，露出苦惱的表情。
小理摸著下巴，像是在思考些什麼。
「但是小詞也說過『有感覺自己的壽命延長了』。所以說不定引發『壽命』和『消失』的條件其實沒有關聯。」

「是啊，會導出這種結論也很正常吧。即使我們的壽命延長了，但或許還有另一種條件會觸發到讓我們消失的機制……」

「到底是什麼條件呢？」

我一發問小計馬上就閉口不談，直接把頭轉去一旁。

也是啦，要是真的知道，他也不會這麼煩惱……

在感到失望的時候，小歷精神抖擻地拍著自己的肩膀走了過來。

「我猜，我們如果不想消失的話，可能必須遵守某種規則吧？例如說～……『**小圓是我們的主人，所以一定要討好她**』之類的！」

「咦!?」

「不對，這不可能。」

我被這個規則嚇了一跳，而小計卻立刻否定了這個假設。

為什麼？我看著小計心底這麼質疑時，小歷就只是在一旁「嘿嘿」地奸笑。

「咦～？小計，為什麼你會一口咬定『不可能』呢？」

「耶!?」

小計突然激動大叫。

「小計之前不是差點就消失了?既然是這樣,你會知道『不可能』不就代表……哎唷,莫非小計真的是~?」

「對喔,小計真的是那樣吧。」

小歷和小理兩人都笑瞇瞇地看著小計。

一直被他們看著的小計,整個臉都脹紅了起來。

「什……什麼啦?說什麼傻話,別鬧了!我只是覺得我們不會因為那種無聊的規則消失!」

小計說話的聲音顯得很慌張。

這三個人開始胡鬧的同時,我在旁邊只是一臉嚴肅地抱著手臂。

(怎麼辦……只有我不知道該怎麼跟他們三人搭話……)

小計正在氣頭上,如果我現在就問他到底在聊什麼,絕對會讓他更生氣。

可是,我真的好想好想知道喔!

「欸，小計。告訴我你們在講什麼嘛！」

我直接開口發問，卻只看到小計的臉變得比剛才還要紅，雙手不斷揮舞。

「夠了！這個話題結束！你們不要再鬧下去啦！」

「咦～……」

好可惜喔。

「沒關係，時候到了，妳自然會明白。」

「對啊。比起直接問別人，等到自然能懂的時候會更好。」

小歷和小理兩人一直嘻嘻笑著。

可惡。

雖然很在意，但也只好放棄了……

「可是……也有可能『問題不是出在成績和壽命，而是小詞自己。』」

小計一瞬間露出認真的表情。

剛才原本的愉悅氣氛也跟著改變，小歷和小理也安靜下來，點頭附和。

「小詞他是文藝少年嘛。會一個人整天想東想西也是正常的啊。」

「人心本來就有很多謎團，就算是科學也無法解釋。」

小詞本身內心的問題……

我開始從這個方向仔細思考。

這時。

——小圓，沒問題的。

我的腦中忽然出現媽媽的聲音。

同時，某一天曾發生過的事，在腦裡變得越來越鮮明。

「……難道是『心生病了』……？」

我如此說著，而小計用很不可思議的表情抬頭看我。

「心病？這是什麼意思？」

「嗯……我以前因為考試成績不理想而被班上男同學嘲笑，隔天我就再也不想去上學。雖然沒有發燒，但是整個人就是很沒精神。就算知道已經早上了，也一直躲在被窩。」

『小圓，沒問題的。』

那一天，媽媽這樣對我說。她隔著棉被摸摸我的頭，因為我明明沒有生病，卻還要蹺課。而且就算被問起不想上學的理由，我也會覺得丟臉不敢說。

但媽媽沒有追問下去，反而是不管自己上班可能會遲到，先在我的床鋪旁陪著我。

『媽媽覺得小圓可能是心生病了吧？』

『咦？』

聽到媽媽這麼說，我馬上從被窩裡探出頭來。

『身體會生病，內心當然也會生病囉。既然有睡一晚就能康復的病，那也會有即使吃了藥，但不好好休息就會惡化的病。所以今天請病假在家休養，是正確的決定。』

媽媽對我眨眨眼。

但是，媽媽超不會眨眼的，簡直就像是扮鬼臉。

所以我忍不住笑了出來，媽媽看了也跟著呵呵地笑起來。

『今天就好好休息吧。如果需要媽媽陪小圓聊天解解悶的話，儘管開口。如果有什麼事不想說的話，媽媽也不勉強妳。但至少一定要三餐都吃飽喔！』

我聽了以後點點頭，媽媽在說一聲「好！」後，站起來摸摸我的頭。

『那等妳想起床的時候，再自己起床吧。到晚餐前，媽媽會去準備治好心病的『藥』……』

以前跟媽媽的回憶，真令人懷念。

我把雙手放在胸口，總覺得有一股暖流從身體中擴散開來。

我很清楚，媽媽現在依然守護著我。

回憶起這件事，也讓我打起精神來。

「小詞他……只要能治好心病，一定也能治好身體變透明的問題！」

雖然這種想法很不可思議，但不知為什麼我非常確定「絕對是這樣沒錯」。

一旦不安和煩惱讓內心變得沒有精神，就會讓身體也跟著出狀況。

但多虧有媽媽的「藥」，我才可以恢復精神，隔天又能有活力地去上學。

而這一次，就靠我來幫助小詞恢復精神了！

「我知道『可以治療心病』的藥。但那需要做一些事前準備，所以我希望大家能幫我！」

當我很有信心地發下豪語的同時……

「喔，各位在觀察星象嗎？」

噗通！

轉過頭一看，原來小詞正站在客廳。

小詞剛洗完澡，頭髮還有些溼潤，看起來比平時更成熟。

「真是稀奇呢。沒想到各位都聚在簷廊上，是不是在討論什麼？」

小詞笑著走過來。

心中開始動搖的我，只是用傻笑回應。

「沒……沒有討論什麼啊。就很多事情嘛……！」

怎……怎麼辦！

其實準備那個『治療心病的特效藥』，必須事先向對方保密才行。

小詞剛才應該沒有聽到吧……？

當我把視線轉移到小計他們身上時，小詞早就已經走到我身邊。

忽然間，我看到他的手。

他的那雙已經變得透明的手，讓我看了實在是很難受。

「大家應該只是在外面吹風吧？那我也一起來……」

「我有話要說——！」

我突然站起來。

因為一直看著小詞變透明的雙手，真的讓我很難過……

而小詞現在也正盯著慌忙站起來的我。

緊接而來的是一陣沉默。

奇怪？現場的氣氛好像被我搞砸了……

「那個喔，我想我該去洗澡了～哈哈哈……」

我硬擠出笑容，想藉此混過去。

跟小詞擦身而過的那段距離。

小詞再次露出平時溫柔的笑容。

「熱水的溫度很舒服喔。也請小圓慢慢享受吧。」

「嗯……嗯！謝謝！」

我趕快逃進客廳裡。

跟外婆稍微打一下招呼後，直接走到客廳外。

之後，我回頭看了一下。

「……」

在簷廊跟其他男孩聊天的小詞，他的背影感覺變得比以往還更遙不可及。

這個景象讓我的內心，更是不知如何是好。

9 祕密的驚喜計畫

隔天。

我在學校跟小優討論昨天在家裡發生的事情。

也就是小詞最近沒有精神的事。

我認為其中的原因，可能是因為小詞的心生病了。

所以為了能讓小詞的情況好轉，我想做出媽媽以前幫我醫好心病的「特效藥」。

但關於壽命的事還是得瞞住小優，所以我沒把握自己是否能順利說明清楚。

「……最近國語同學的確很沒精神，就連我都隱約感覺到了。」

小優邊說邊點頭。

原來小優也有注意到啊。

雖然小詞會怕我們擔心，而盡量把自己的情形裝成一如往常，但每天近距離看著小詞，任誰都會發現他變得很沒精神。

「國語同學會這麼沒有精神，會不會跟他專注於幫小圓複習國語科目有關？」

「咦!?」

小優這個問題，讓我有些嚇一跳。

雖然確實有關聯，但這件事不能對她說……！

要避開壽命的事再對她說明，真的太難了！

「呃……那個……」

就在我不知道該如何回答時，小優有點疑惑地歪著頭問：

「……那麼，妳說的『特效藥』是什麼？」

幸好她自己把話題拉回來了。

「既然是心病，那就要專治心病的特效藥吧？但我有點想像不出是什麼。」

小優對這個主意似乎感到難以想像。

我先是對她放棄之前的話題而感到放心，然後又有點得意地挺起胸膛說：

「呵呵，那就是──**『驚喜全餐』**！」

像是在公布喜訊一樣，我笑著把雙手展開。

「驚喜……全餐？」

「對！那就是……」

我心情低落的那一天，媽媽在黃昏時很快就回來做晚餐。那天晚餐的飯桌上，全都是我最喜歡吃的東西。

有酥脆多汁的炸雞。

滑潤濃稠的蛋包飯。

還有一定要有的飯後甜點──媽媽特製布丁！

那天餐桌上都是我最愛的食物，這麼豐盛的豪華套餐讓我非常驚喜。

再加上媽媽上班時，通常都很晚才回家，那天卻比平常還要早回家。

很多讓我驚喜的事情全發生在同一天，快樂的心情也跟著擴大好幾十倍。

接著，我也在吃飯時跟媽媽聊了很久，肚子裡也滿滿都是我最喜歡的食物。

吃完後我就直接上床睡覺，而且比平時睡得還要香甜。

隔天早上醒來時，過去沒精神的狀況就像是幻覺一樣，我變得超有元氣。

「所以，我也要偷偷幫小詞準備豪華的驚喜料理！而且還要當作運動會那天的特製便當，當然也要跟小優和大家一起吃！」

怎麼樣呢？我看著小優。

小優的雙眼先是閃出光芒，接著立刻展現出開心的笑容。

「便當嗎……這個點子真好，真的很不錯！」

「對吧！」

太好了，小優也贊成我的點子！

對我來說，運動會最讓人期待的，就是吃便當時間。

身體運動完後，在藍天白雲下吃便當，會比平時還要更加美味！

「小優，我希望妳能幫我想些什麼點子，或是其他建議。雖然我知道妳很忙，必須去補習班，所以也只能希望妳能抽空幫忙……」

「妳客氣什麼嘛，我一定會全力幫助的。」

小優微笑著，就像是在說自己當然會奉陪到底。

「真的！？會不會太麻煩妳？」

「畢竟我之前有一陣子沒辦法幫妳訓練跑步嘛。而且我也跟妳一樣，很期待在運動會吃便當！我還想感謝妳願意跟我討論這件事呢！」

「太好了！謝謝妳！小優！」

小優的反應讓我有點驚喜，沒想到她居然這麼躍躍欲試。

因為便當跟唸書、運動沒有關係，而且即使向她說小詞的狀況不好，但學科男孩們對小優來說，本來就不是很熟識的朋友。

所以我原來只是希望小優可以稍微給我一點建議就夠了……

能有像小優這種朋友可以面對面討論煩惱，真是太好了！

「那麼我們先來思考一下菜單吧。可以先告訴我國語同學最喜歡的配菜是什麼嗎？」

「……咦？喜歡的配菜嗎？嗯～……」

我抱著雙臂，想從記憶中尋找線索。

小詞在家裡吃飯時，不管什麼食物都吃得津津有味。

他不但不挑食，早午晚餐都會把飯菜吃個精光。

小歷曾說過小詞「味覺很遲鈍」，所以好像也不擅長料理，但還是能確定他很愛吃東西。

「嗯～我還真的不清楚耶……可是直接問本人的話，就算不上是驚喜了……」

「那除了吃的以外，有沒有其他喜歡的東西？這也可以當成做料理時的參考。」

「啊，他喜歡的東西很多！妳也知道他喜歡帶著字典和書本到處走。還有國字、慣用句、成語……之類的！」

我說了很多，小優則是若有所思地把手靠在自己的下巴。

「俗俚語啊……這麼說起來，日本有『初物七十五日』這句諺語。」

這個我連聽都沒聽過，我疑惑地把頭歪向一邊。

「呃……初物是什麼？」

「指的就是當季首批收穫的蔬菜或魚類。『初物七十五日』有『吃了初物就能長命百歲』的涵義。」

「長命百歲!?真的嗎!?」

「據說日本古代認為首批收穫的食材有特別的能量。而且當季食材通常會擁有大量對人體健康有益的營養。尤其是秋天的當季食材，除了可以平復因酷暑而食欲不振的腸胃之外，還可以幫助身體保持溫暖。」

當季食材好厲害喔，不但營養還能維護身體健康！

原來吃好吃的食物不但能讓心情變好、有精神，甚至還能延長壽命呢！

這個點子行得通……絕對行得通！

「小優，我決定用這個點子！就把它取名為『初物三昧便當』！」

「哇！聽起來很不錯耶！」

後面突然傳來熟悉的聲音。

我回頭一看。

「咦，是小歷啊!?」

什麼時候過來的!?

他一臉理所當然地直接走進我們二班教室！

「在日本，根據地域的不同，也有流傳『初物要面東笑著吃』的說法。吃飯就要笑著吃的概念也很不錯喔！」

小歷才正想要說「對吧？」，看看小優會不會同意他的意見時，小優的臉卻瞬間開始變紅。

「社……社會同學……！不不…不可以隨便進其他班教室……」

「唉，為什麼對我這麼見外嘛。話說回來，我覺得初物便當作戰很好呢。大家一起開心地吃美食，一定可以讓小詞恢復精神！」

「就是說嘛！我剛才就在跟小優討論這個主意。而且小優也很會做料理喔。」

「咦，這樣啊？我好意外喔！」

小歷這麼一說，小優像是生氣般，臉越來越紅了。

「說很意外也太沒禮貌了吧！會做料理是因為興趣……」

「小優做的料理可是極品喔！」

「哇！我雖然很愛吃，可是要我自己做菜就不太行了。不然這樣好了，下次就請小優親手為我準備料理吧！」

「才不要！請恕我嚴正拒絕！」

「哎唷～小氣鬼～！」

他們兩個人的對話，還真是熱絡啊。

不過，昨天小優對小歷的態度還很不客氣，現在卻完全沒有那種感覺。

他們彼此應該變得比較像朋友了吧？

果然那時候的公主抱，效果太強烈了……

「呃……運動會是十月舉行，所以季節就是秋天。」

小優拍了拍自己紅透的臉，拿著鉛筆在筆記本上不斷寫著。

「屬於秋天的味道有很多種。例如：秋刀魚、香菇、地瓜、栗子、南瓜……

「水果也很好吃！我最喜歡吃葡萄、梨子、柿子！」

嗯～光是想像，我就開始肚子餓了！

「說到秋天可別忘了白米！農夫會在春天仔細地種植稻米，而秋天就是收穫稻米的季節～。

另外，『新米』指的就是那年秋季到除夕為止，被裝袋妥當的稻米。」

聽完小歷說明的小知識，我和小優也忍不住點頭佩服了。

「稻米隨著地區和品種的不同，在味道上也會有很大的區別吧？」

「小歷，我問你，『品種』是什麼？」

「那個啊，就跟之前小理說的『生物分類學』一樣。例如：狗不是會分成『貴賓狗』和『吉娃娃』嗎？那稻米的話，也一樣分成比較耐寒、味道比較甜的各種類型，隨著基因特徵的不同，就會有許多不同品種的稻米。像『越光米』和『秋田小町』這兩種，小圓應該有聽過吧？」

啊，我好像有在超市看過！

幫白米取名字，原來還有這層涵義啊！

我們三個人一起討論，讓許多點子不斷湧現。

不知不覺間，代表午休時間結束的鐘聲也響起來了。

「好！週末我們再繼續開購物會議！我也會再告訴其他男孩的！」

說自己該走了以後，就高興地從教室跑出去。

在離去的那一瞬間還回頭看我們。

「再見啦～小圓、小優！」

而且還瀟灑地用眨眼作結尾。

10 傳遞心意的方式

週末的午後。

我們聚集在家裡的客廳，開始討論如何準備讓小詞驚喜的便當菜色。放在桌上的，全都是我們剛剛買回來的各種當季食材。

「我一定要做飯糰！而且要有香菇飯糰、鮭魚飯糰！」

「準備好各種口味的飯糰，感覺會很有趣，而且色彩也比較多變。」

「作為用料的白米品種就讓我來把關吧～親自試吃各種米，很好玩的！」

「小歷的點子真的很棒耶。我的話，比較想仔細研究其他食材和白米配合起來的口感。」

「那就決定做飯糰了。接下來，就要決定其他配菜的組合。營養素和熱量的計算就交給我吧。」

在作戰會議上，小優帶來很多食譜，並且在現場攤開來給大家看。她同時也把大家想到的點子，全記在筆記本上。

另外，小詞跟外婆一起出門，他們去隔壁鎮的某間大書店買東西了。因為我們跟外婆說了驚喜計畫，所以拜託她幫我們暫時帶小詞離開一會兒。外婆她最近很著迷「手繪信箋」，所以將相關書籍拿給小詞看後，兩個人也開心地一起去逛書店了。

「雖然現在是秋天，但氣溫還是偏高，我們還是要避免食物中毒。像生的或容易腐壞的食物就別放進便當裡了。」

聽到小優的話，我又歪著頭一臉不解。

「為什麼氣溫太高會讓食物腐壞呢？」

「圓圓，這是因為存在食物中的細菌，很喜歡溫暖的環境。」

小理馬上就解開我的疑問了。

「其實空氣中有許多我們眼睛看不到的細菌。雖然平常不會對我們的身體造成危害，但細菌存在於食物中就會開始不斷繁殖。當食物被細菌大量占據而不能食用後，這種狀態我們稱之為『腐壞』。」

「原來如此！」

聽了小理的說明，我也馬上把聽到的內容寫進筆記本裡。

「順道一提，溫度攝氏二十度到四十度的環境，最容易讓細菌繁殖。如果是平時做好的飯菜，因為會馬上吃掉所以沒關係。但事先作好的便當要等到用餐時間才能吃，所以絕對要小心這一點。還有食材煮熟後必須經過確實的冷卻，再放進便當盒則是製作重點了。」

「原來如此！食材煮熟後，還要確實冷卻……！」

原來做便當時，不能把熱騰騰的料理直接放進去啊。這件事我之前根本不知道呢。

我得好好感謝小優和小理教授這個知識。

本來就是要為小詞打起精神的便當，要是讓他吃壞肚子，就會把驚喜便當計畫給搞砸了。

和大家討論了幾個小時後，我們終於決定好便當菜色了。

接下來，就是在運動會的前一天，去小優家中的廚房做料理。

隔天早上還必須早起，但只要按部就班地一口氣把所有便當完成，就一切ＯＫ了。

還有因為這是驚喜便當，所以到當天為止都不能讓小詞發現我們特地為他準備。

（不知道小詞會不會覺得高興……？）

這天夜裡。

我在客廳複習今天上課的進度，同時也像發呆般進入沉思。

到運動會的那天，還有一個禮拜，而到考單元測驗的那天還有十天。

小詞的壽命雖然還能撐下去，但他的身體狀況和壽命沒有關聯，仍然每天漸漸變透明。

我們不曉得原因是什麼。但如果小詞變透明是因為情緒低落的關係，那麼用媽媽以前幫我恢復精神的方法，也就是以享用豐盛的大餐作為驚喜禮物，說不定可以幫小詞變回原樣。

我是這麼相信著，雖然現在計畫還在進行中就是了……

（如果驚喜便當吃完後，還是繼續變透明……那接下來我真的不知道該怎麼辦了……）

要是之後的單元測驗可以考到好成績，說不定能恢復吧？

可是，上次的國字隨堂考就算有好成績，小詞還是沒變得比較好。

到底可以為他做什麼事呢……？

「小圓，妳今天也一樣很用功喔。」

忽然發現外婆已經來到我身邊，把一杯麥茶放在我的面前。

然後，外婆也坐了下來。

「外婆，謝謝妳。」

「不會不會。比起這個，你們為小詞準備的驚嚇計畫還順利吧？」

「不是驚嚇，是驚喜喔。計畫很順利，我們已經決定好便當的菜色了。但是……」

我欲言又止，外婆則是笑著點點頭。

「……是這樣啊。**因為不知道能不能把心意傳給對方，所以感到不安啊。**」

「咦？」

外婆出乎意料的一句話，讓我睜大雙眼。

外婆注視著我，忽然雙眼開始瞇瞇地笑著，像是看到懷念許久的景象一樣。

「小華以前也有過像妳這樣的時期呢。」

「……是說媽媽？」

「是啊。她跟小圓的爸爸交往時，會煩惱生日禮物該送什麼才好。簡直就像現在的小圓一樣，每天晚上坐著想呢。」

這件事我是第一次聽到呢。

爸爸在我很小的時候就已經去世了，所以媽媽對自己年輕時候的故事，都會因為覺得害羞而不好意思告訴我。

（原來媽媽也有談戀愛的少女時期啊。）

總覺得媽媽這樣很可愛，我也呵呵地笑出來。

「那麼媽媽送給爸爸什麼東西呢？」

「送的是一封信喔。」

「咦？信？」

我有些嚇一跳，因為這個答案出乎我的預料。

因為說是煩惱著不知道該送什麼，所以我還以為會送什麼昂貴的東西，例如：西裝之類的。

我感興趣地眨著雙眼，外婆忍不住噗哧地笑了出來。

「那孩子到了送禮的前一天都還沒決定好，結果著急得哭出來。後來外婆給她建議：『我以前要送禮給丈夫時，就是靠情書來抓住他的心喔』。」

「情……情書？」

聽到這個我聽不習慣的詞，讓我心臟噗通地跳了一下。

原來不只媽媽，就連外婆也曾經歷過那種時代啊。

不過，我本人跟這種話題，還真是攀不上關係呢……

「禮物這種東西最重要的就是『心意』，所以必須在禮物上注入自己的心意。你應該也覺得收禮物的人接收到禮物中的心意時，也會感到很高興吧？」

外婆的這句話，讓我突然發現一件事。

媽媽的驚喜料理的確讓我感到高興。大餐的確全部都很好吃，而且媽媽也為了讓我驚喜而提早回家。

嚇一跳的同時，也讓開心的感覺倍增。雖然我是這麼認為……

（不對，不是只有這樣……！）

但這個道理我到現在才發現。

重要的不是「吃的東西」或「驚喜」。

當時真正讓我感到高興的是媽媽「希望我能打起精神」的心意，而且媽媽還在驚喜禮灌注了很多很多這樣的心意。

媽媽明明工作很忙，但還是為了我提

早回家，做很多好吃的飯菜讓我高興。在感受到媽媽由衷地重視我的心情後，更是讓我覺得很感動。

「我還以為只要做出驚喜便當後，就可以讓小詞打起精神……」

重要的是要把自己的心意，傳達給對方知道。

所以我要把重視小詞的心意，傳達給小詞知道！

「外婆，我想……」

我話說到一半就開不了口，只是看著外婆。

「我懂了，小圓也想試試看吧？親手寫情書給小詞。」

「咦……」

咦咦咦咦！？

本來沒有什麼特殊涵義的對話，居然造成這樣的誤會。

「外婆！我已經說過好多次了，我和那些男孩不是那種關係啦！他們是我很重視的朋友，就像是兄弟姊妹那樣……！」

「哎呀，但情書本來就是要寫給情人看的啊。」

外婆一臉事不關己一樣，隨意地回答。

「情書的情是代表『愛』對吧？寫一封對家人、朋友表達『愛』意的信，就是情書吧？」

「嗯～……也許這樣說也對……」

「雖然『用言語傳達心意』很困難，但卻也是很重要的事。要是妳覺得『就算不主動說出口，對方也能瞭解心意』的話，那麼彼此的交流就會變得漸行漸遠的喔。」

外婆話說到這裡，就停了下來。

她不繼續說下去，只是盯著我看。

接著，那雙布有細紋的雙眼，溫柔地笑起來。

「一想到突然出現的神祕男孩們，小圓要如何接招，就讓我好介意呀……要不要直接一點，用言語仔細向對方傳達心意吧？」

咦？

我不自覺地倒抽了一口氣。

（外婆剛才是不是說「突然出現的神祕男孩們」……？）

這一瞬間我的大腦立刻運作起來，拚了命用力思考這句話的意義。

照理說，男孩來我家「寄住」是神奇力量安排好的設定。

所以我身邊人們的記憶都被神明控制，很自然地就接受他們來我家寄住「是早就事先設定好」的事實。

沒錯。因為對於那些男孩突然住進我們家裡，外婆一點都不覺得奇怪。

……不對……但是……

（難道說外婆跟小優一樣，「神奇的力量」沒有對她發揮作用……？）

如果是我外婆的話，還真有可能是那樣。

因為外婆平時都像是恍神一樣，悠悠哉哉。

外婆可能「咦？真的是早就設定好要來我們家寄住嗎？」思考了三秒鐘，然後就「算了，反正也很有趣」而就這樣算了！

外婆的話，絕對會這樣！

我雙手抱頭，而外婆卻一派輕鬆地在旁邊呵呵笑。

「其他小事不重要啦。對外婆來說，重要的是小圓能開心過每一天。」

外婆俏皮地對我眨眨眼。

雖然外婆難得說了句窩心的話，但眨眼時的表情卻又把自己的臉擠得很怪。

就跟媽媽一樣……她們兩人真不愧是母女呢！

讓我不小心呵呵笑出來，但這也讓我有精神多了。

「謝謝外婆。我決定寫一封信給他好了！」

向外婆道謝後，我馬上把筆記本裡全新的空白頁撕下，開始思考要寫些什麼。

說到寫信，我記得四年級的時候有在課堂上教過寫信的方式。

好像在開頭要先寫跟季節有關的話來打招呼。

這樣的話，呃……

『你好，已經變秋天了。秋天的飯很好吃。』

……這樣寫應該可以吧？

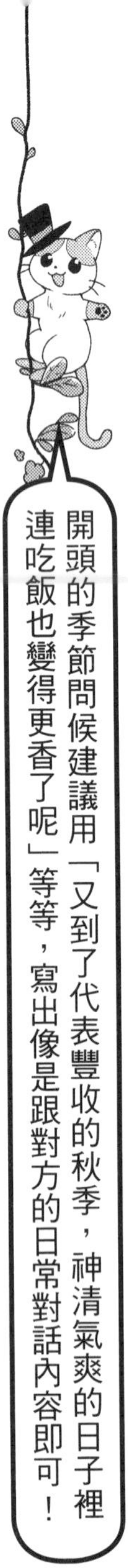
開頭的季節問候建議用「又到了代表豐收的秋季，神清氣爽的日子裡
連吃飯也變得更香了呢」等等，寫出像是跟對方的日常對話內容即可！

因為寫得不太好，我只能停下筆，歪著頭陷入苦惱。

「小圓。」

「嗚哇!?」

小詞突然出現在客廳。

都是因為我的注意力專注在寫信，所以完全沒有發現！

我慌張地把筆記本收拾好，趕快藏在身後。

「小詞怎……怎怎怎麼了嗎？現在大家不是在討論分配複習科目嗎？」

「我們剛剛才討論完而已。所以，我才會過來想幫小圓複習一下功課。」

小詞溫柔地微笑。

但因為我很怕自己寫信的草稿被發現，所以眼睛只能往旁邊游移。

「謝⋯謝謝⋯⋯但我也是剛才結束國語的複習，所以沒問題的！」

我把藏在背後的那張草稿捏成紙團，並且直盯著小詞的臉。

小詞露出有點遺憾的表情，然後又露出微笑。

「⋯⋯那麼我就去簷廊那裡讀書了。如果國語有什麼不懂的地方，可以過來告訴我。」

「好⋯⋯好！」

等到小詞走掉後，我才鬆了一口氣。

但同時我又看了小詞的背影，難免還是會難過。

（我絕對不要小詞消失。我一定要好好把自己的心意傳達給小詞知道⋯⋯！）

我再次撕下筆記本裡的紙，握起筆繼續寫信。

11 小圓就快撐不下去了!?

複習國語考試之外，還有其他學科必須複習。

另外，也有運動會的體能鍛鍊。

再加上要給小詞驚喜的準備。

每天從早到晚都安排了一大堆必須進行的課程。

雖然到運動會結束還有三天的時間。

但既然已經下定決心「要貫徹下去」，就不能輕易說出喪氣話……！

「**呼**……**呼**……『放低身段』是『在低處抬頭看著對方』……所以是『謙虛』的意思！」

「答對了。那麼下一題，『抬不起頭來』。」

「呃……那個……**呼呼**……」

啊啊討厭啦！在我「抬不起頭來」前，我就已經「腦袋轉不過來」了啦！

（嗚……加油啊，我的大腦。我已經決定好要貫徹下去。要加油……）

——突然。

感覺整個地面都變得軟趴趴。

（奇怪？）

我的腳趕緊使出力氣站穩，但膝蓋卻像是快支撐不住一樣，不停晃動。

雙腿雖然用盡全力想要恢復正常。可是，不管怎麼使力都沒辦法保持平衡。

（怎麼辦，再這樣下去就要倒下了——）

咚。

我的意識也因此完全中斷。

12 小優和男孩們

「老師，小圓沒事吧？」

老師從保健室走出來後，我立刻衝上前詢問。

「成島，妳冷靜一點，小圓沒事。心跳和呼吸已經穩定下來，現在只是睡著了而已。」

聽了老師的話後，我鬆了一口氣。

小圓會昏過去，據說是因為睡眠不足和疲勞所引起。

在保健室稍微躺一下就可以了，不需要特地送到醫院。

「老師有點事要到教職員辦公室一趟，馬上就回來。就請妳們先陪一下花丸同學吧。」

聽了老師的話後，我和國語、數學、社會、自然同學一起進入保健室裡。

小圓正躺在最裡面的床上睡著。

「累壞了吧。在我們沒看到的地方，好像也很拚命用功著……」國語同學一臉擔心地看著小圓。

安靜的保健室裡，只聽得到她安穩的呼吸聲。

（我居然沒有注意到小圓勉強自己跟上所有計畫……）

看到她安穩的睡相，我不禁感到難過起來。

「……都是我的錯。」

我不經意地把自己的心聲說了出來。

雖然男孩們的視線因此而集中到我的身上，不過我還是接著繼續說：

「都是我堅持大家要努力參與運動會……所以小圓才會為了大家著想而勉強自己。我明明知道她是在逼自己，我卻……」

說到這裡，我的眼淚流了下來。

如此讓人看笑話的言行，讓我更不甘心。

都是我把自己最重要的朋友逼得走投無路。

「這不是小優的錯喔。是我們大家的責任。」

小歷說的這句話像是在安慰我一樣。

但這麼體貼的話，反而讓現在的我更難過。

結果，我又開始想哭了。

就算周圍的人們都稱讚我是什麼都辦得到的資優生……但我，卻幫不了小圓……

「……因為優優最喜歡圓圓了吧？」

自然同學忽然這麼說。

我有些驚訝地看著他。

自然同學溫柔地看著小圓。

我緩緩地看向四周，發現其他男孩也是用相同的表情看著小圓。

這個景象讓我感到難過，讓我想低著頭，把臉遮起來。

「是啊……我很喜歡小圓。」

這是我沒有絲毫隱瞞的真心話。

說出來後，也很自然地繼續說下去。

「我很喜歡小圓這個朋友……也許是因為這樣，我才會嫉妒你們跟小圓在一起。看到你們跟小圓開心地唸書，讓我覺得自己的存在對小圓來說，已經沒有必要了……」

小圓的媽媽過世時，我拚命想要幫助她度過難關，恢復精神。

我常常去陪伴小圓，讓她的心情能慢慢恢復過來……可是原本始終維持努力用功狀態中的她，突然對我說「不想再唸書了」，實在讓我不知所措。

但是，自從這些男孩出現後，小圓又突然決定要好好用功。

而且所有科目的成績還在一個禮拜內取得進步。

現在的小圓也漸漸發現了唸書的樂趣。

——事實就是，我無法幫助小圓重回正軌，而這些男孩卻辦到了。

即使我接受了這個事實……但還是感到很不甘心。

「很抱歉我曾經說過你們『不能相信』。但在一起訓練的過程裡，我終於瞭解你們是真心想幫助小圓。之前讓小圓重新打起精神的事，也一定都是你們的功勞。」

我全程低著頭說完這些話。

這時，一直沒開口表示意見的數學同學突然說話：

「……想辦法讓小圓打起精神的人，不是只有我們。」

「我們只是家教而已，最多只能在唸書方面幫上小圓。但成島身為小圓的朋友，能在『心靈』上扶持她。妳們一個是為了幫助別人而勉強自己到累倒，另一個則是為了朋友熬夜擬定訓練表……沒有人比妳們這對好朋友的友情更堅固了。」

言行莽撞的數學同學說出那番話，就這樣刺進我的心中。

我又開始流淚了。

「我……我要跟大家說實話……在我知道小圓可能不會參加運動會時，心中受到很大的打擊。我拚命擬定訓練表，也是基於『幫小圓克服不擅長運動的事就可以了』的想法……但這只不過是我自己害怕小圓不能跟我一起參加運動會……」

聽到我說的話後，男孩們互相看著彼此。

「小優，妳說很害怕……是什麼意思？」

小歷問完後，我咬著下唇。

用力握著拳頭，讓雙臂不再發抖。

讓自己的呼吸平穩下來後，我開始說出原因：

「我的爸媽平時很忙碌，每次運動會都會因為『突然有工作』，而無法到學校陪我。但是……我們學校的運動會不是會讓家長與學生們一起吃午餐嗎？雖然我故作堅強，對爸媽說『自己一人也沒問題』，但一年級時其實心裡很害怕。到了午餐時間看到周圍的其他同學都有家長相伴……結果我當時哭了出來。」

我停了一下，接著又繼續說下去：

「這時小圓衝到我的身邊，對我說：『小優也跟我們一起吃飯吧！』小圓不知道我的家人沒有來，只是單純想找我一起吃飯才這麼說。而我也被這句話給拯救了。那時候，小圓和小圓的媽媽、外婆做好的便當……真的是很好吃。」

一想起當時的情境，心中就很懷念。

多虧了小圓，才不至於讓運動會成為我「難過的回憶」，而是「快樂的回憶」。

「之後，每年運動會一起吃午餐就變成例行活動。本來今年我也是這麼想的……但聽到小圓可能不會參加運動會時，我的內心一團亂……我這個人真是孩子氣。」

我苦笑著。

小圓從以前開始總是帶給我滿滿的活力。

即使在幼稚園跟年紀大的學生打架而被媽媽罵，也只有小圓會對我說：「小優好厲害！好帥喔！」。

就算其他同學對我避之唯恐不及，小圓也是從來沒有改變對我的態度。

雖然小圓說過「自己老是依賴著小優」。

但其實我反而認為是我老是依賴著小圓。

「小圓擁有可以軟化人心，令人圓融的力量。我認為這是一種不管再怎麼用功、運動，都無法獲得的特殊才能。」

我將手伸到小圓的身邊，握住她的手。

小圓是我，最重要的朋友。

為了不要再讓小圓努力過頭，我以後要更注意才行。

我看了一下正在睡覺的小圓，心中悄悄如此發誓。

「……嗯，跟我想的一樣！小優果然是一名出色的女孩啊！」

小歷突然將自己的雙手展開，抱過來。

我瞬間避了開來，讓小歷撲空。

「你……你為什麼!?」

我一口氣遠離他，慌張地大叫。

幸好小圓依然睡得很安穩，沒有被我的聲音影響。

鬆了一口氣後，我又轉過頭狠瞪著小歷。

「你……你剛才為什麼跑過來抱我？」

「因為我被小優的話感動了嘛。擁抱在歐美國家是一種打招呼的方式，是很平常的溝通，沒必要躲開唷。」

「這裡是日本！而且你是單方面突然抱過來，根本不是溝通，是性騷擾！」

「我知道了，抱歉。我以後不再這樣了。」

小歷一邊偷笑，一邊跟我道歉。

接著他的表情，轉為很認真，說道：

「我認為，小優不被神奇的力量操控，應該是因為小優是『小圓最重要的好朋友』。如果真的是這樣，那我們肯定也能跟小優好好相處吧？」

聽完這句話，我露出驚訝的表情。

但是……他說的話，卻很神奇地讓我的心情平靜了許多。

「……也許是這樣呢。」

我這麼說完了後，小歷也開心地微笑著。

13　黃昏時的保健室

「嗚嗚……」

當我醒過來後，周遭已經完全染上黃昏的顏色。

這裡是……哪間教室？

好奇怪喔。我記得自己應該在校園裡……

「小圓，妳醒來了啊。」

上方傳來柔和的聲音。

「咦？小詞……？」

我揉著眼睛，睡眼惺忪地看著小詞的臉。

「身體的狀況如何？有沒有哪裡會痛？」

「咦？哪裡會痛？我不會覺得痛啊……呼啊……哎呀，我好像還想多睡一下。」

我一邊打著哈欠一邊說話，小詞看了也露出安心的笑容。

「小圓是在訓練時昏倒。」

「咦？我昏倒？」

我完全沒印象……

「原因是睡眠不足和疲勞。圓圓，妳不小心努力過頭了啦。」

「不過也還好，老師都說不用擔心小圓的狀況了。我現在就去教職員室報告老師囉。對了，小優現在已經去拿小圓的書包，我也順便告訴她！」

小歷一下子就跑走了。

對啊，原來這裡是保健室。

所以說我在練習中昏倒，然後一直睡到剛才……

「啊……完了！這樣我沒有達成今天的練習目標……！」

我想起這件事後急忙地想站起來，但小計立刻大喊：「不要動！」

「妳給我多睡一下。今天的其他運動、唸書行程都取消。」

「啊，可是……」

小計扳著一張臉，直接貼近我。

「我說可以就是可以。妳別管這麼多，快睡吧。」

「哇，等一下，我知道了啦……」

我被他強力壓回床上。

現在的我被大家從上面往下盯著看。

嗚……總覺得有點丟臉……

因為有些不好意思，所以我把棉被往上拉到自己的嘴上。

「各位對不起，麻煩你們了……」

我小聲地這麼說，小計和小理兩人則是一起對我搖了搖頭。

但是，只有小詞一個人很難受的樣子。

看得出來，他這時的表情比以往還要更傷心。

這不禁讓我覺得有些難過。

「那個……小詞。對不起。我不該這麼過度拚命，結果變成這樣了……」

我道歉著，而小詞慌張地，趕快小聲回答：「沒這回事。」

「該說對不起的人是我才對。要不是因為我的身體出問題，**也不會讓小圓勉強自己……讓事情變成這樣，我才是很……**」

他最後說的話很小聲，只能依稀聽到一點內容。

我正準備開口回應小詞時，保健室大門突然被打開來，老師、小歷、小優從外面走了進來。

「花丸同學，妳醒來了啊。先讓我稍微看看妳的情況吧。」

「啊，好的！」

「小圓，太好了！我好擔心妳喔！」

他們一起走了過來，保健室的氣氛馬上變得熱鬧起來。

（小詞剛才說了什麼啊？）

我就這樣躺在床上，用眼角的一點點餘光追著小詞的身影。

此時小詞從大家圍起來的地方離開，獨自一個人走到窗戶旁。
只是靜靜地看著黃昏時的天空。

14 秋高氣爽的運動會！

三天後。

終於來到運動會的那一天。

在徐風吹拂著的校園裡，四處都能聽到熱鬧的音樂。

「真是『秋高氣爽』的好日子呢。」

聽到後面傳來的聲音，我馬上回過頭去看。

「原來是小詞啊！」

「『秋高氣爽』。這個成語是形容晴朗的秋季天空，洋溢著清爽舒適的空氣。」

小詞的表情看起來很享受，瞇著眼抬頭看著天空。

「就是說啊……！光是看就覺得天空很高呢！」

「我很喜歡這個季節。不但空氣清新，就連吹來的風也很舒服。有一話也形容這個季節：『讀書之秋』。這個世界比我想像中還要美麗、充滿文學。發現這件事的我，真是幸福。」

小詞的嘴角上揚，快樂地笑著。

看了這個笑容，也讓我產生活力呢。

「但為什麼秋天的天空會很『高』呢？是天空往上爬了嗎？」

「圓圓，這是因為秋天的天空比較乾燥，使得透明度變高，所以我們才能看得到更遠的天空。」

我回過頭一看，發現小理正站在附近。

就連小歷和小計也跟在旁邊。

「另外，秋天大多為『捲積雲』這種容易出現在高處的雲。所以我們看起來就會覺得天空很高。」

「原來是這樣！真不愧是小理！」

「哈哈。不過小龍不是很喜歡這麼乾燥的空氣，所以這個季節，我就得多留意牠的狀況了。」

小理摸了摸肩膀上的小龍。

我看了也伸手摸摸小龍。

小龍也看起來很舒服閉起眼。

雖然第一次不敢摸小龍，但現在的我跟牠已經是好朋友了。

「小詞，你身體還好吧？」

小計一如往常地皺著眉頭搭話。

「我沒事。老師已經允許我穿長袖夾克和手套，除了身體透明之外，我現在的精神很好。」

小詞笑著舉起穿上手套的雙手，一張一合地給我們看。

感覺小詞今天特別有精神呢！

之前他的表情有些失落，現在這樣看來，我就放心多了。

應該是今天的好天氣讓小詞的心情變得更有精神了吧？

（接下來只要在午休時秀出驚喜大餐……一定能圓滿成功！）

我握著拳頭，鼓起鬥志，決心讓計畫成功。

「欸欸，我們四個人要不要來比賽一下？」

小歷開朗地說著。

「我們來比誰在運動會最活躍，誰就可以得到小圓的獎勵！怎麼樣？」

「咦!?」

小歷為什麼突然這樣講！

在我茫然的同時，男孩們開始自顧自地胡鬧。

「我要小圓『**啊**』地餵我吃飯就好了。」

「我的就是**一日約會權**～！」

「你……你們兩個實在是……！」

「咦？小計不要的話，不比也沒關係啊～反正比運動，你也比不過我的！」

「你……你說什麼!?……好啊，我就跟你比！」

……我說各位～。

明明我本人都還沒答應……

我一邊放棄反抗一邊看著旁邊的小詞，發現他正呵呵地笑著。

「今天小圓就先忘掉考試和唸書，好好享受運動會吧。」

「嗯！說得對！」

我也希望讓小詞覺得今天的運動會很快樂！

「……請小圓以後也能一直開心地笑著生活。」

小詞用難以讓人找機會回話的音量，小聲地說，說完「再見」後便走到一班的加油區。

將近中午前，要進行的運動項目是，全五年級同學都要參加的障礙物賽跑。

每個班級分好的隊伍還會依序進行三種障礙比賽。

第一種是由五人排成縱隊，綁著前後成員雙腳向前進的「蜈蚣賽跑」。

接著是兩個人拿著杓子盛著一顆乒乓球，並且不讓球落地的「運送乒乓球」

最後是按照卡片上的提示，到加油區將符合「戴眼鏡」或「五十歲以上」條件的觀眾帶來的

「支援前線」。

一共有四種比賽必須進行完畢，而且全體成員都必須參加。

至於我在蜈蚣賽跑裡是擔任最後一棒。

雖然第一圈有些緊張，但幸好自己沒扯大家的後腿，不一會兒我負責的圈數就已經跑完。

把腳上的繩子解開後，接下來就是盡量不要阻礙大家，靜靜往班上同學們聚集處內側的空地走去。

「快看快看！小理跑得好快喔！」

「真的耶，好意外喔～！」

我隨著女生的歡呼方向往跑道看去，看到小理正拿著杓子與跟他搭檔的男同學，用非常快的速度跑過去。

到了第二輪的蜈蚣賽跑，可以看到小計正在指示，讓五個男孩組成的隊伍能像機械一樣同步配合。到了第三輪和第四輪的支援前線，則看到小歷跟小詞在短時間內找到卡片提示要找的人，而且他們也都各自奪得第一名。

「轉學生四人組果然超帥的！」

「他們綁上頭帶的模樣也很適合呢！等一下去跟他們合照吧！」

女粉絲們不斷地鼓噪。

他們四個真不愧是大受歡迎的校園男神。在學校裡遠遠看著，都能看到他們帥到渾身發出亮晶晶的光芒。

但這四個人平常就生活在我家裡，現在想來還真是不可思議。

「哎呀～抱歉啊，我又不小心大出風頭了。」

「我跑得也很快喔，都跑第一名了。」

「要這麼說的話，那我也是第一。」

「等一下。你們是沒看到我們班上超精密的蜈蚣賽跑嗎？」

比賽結束後，他們四個人馬上又聚在一起聊天。

雖然周遭的女生們都投以愛慕的眼光看著他們，但在我的眼裡，他們說話的模樣實在是很像一般的小朋友。

我只是盯著他們看，然後就自顧自地笑了出來。

這次運動會是第一次沒有媽媽陪我。

雖然聽不到她的加油聲讓我覺得很落寞……但因為大家的幫忙，讓我終於也可以笑著參加運動會。

（中午前剩下的運動項目就只剩下短跑了。再接下去的重頭戲就是午餐時間……！）

我一邊往退場的出入口走去，一邊看著學校大樓的時鐘。

今天早上做好的便當也準備就緒了。

剩下的步驟就是給小詞這個大驚喜，然後讓他開心用餐！

（大家一起吃便當，絕對能讓小詞心情變好！）

然後，就靠這個驚喜，把我的心意傳達給他知道！

啊～我等不及要跟大家一起吃午餐了！

15 賽跑正式開始！

五年級在上午必須參加的最後一個項目是短跑。

班上所有同學都要從加油區移動到入場處集合。

「大家抵達等待區後，要照我們事前決定的那樣排好隊伍。」

川熊老師說完注意事項後，我們就隨著音樂入場了。

男孩組和女孩組各自排好隊後，照順序並排在一起。

短跑每一輪跑者是由從四個班級派出的六位同學出場參賽。

女孩和男孩們要按照順序交替跑完一輪，而我跑步的順位算是在前面的部分。

（唉，我開始緊張起來了⋯⋯）

雖然等著輪到自己出場，但現在卻開始有些坐立難安。

因為大家都陪我持續練習，所以一想到如果自己最後還是沒有跑出好成績，我就覺得有點擔心。

我稍微縮起身體，深呼吸讓自己冷靜一些。

「妳似乎很緊張呢。」

後面傳來向我搭話的聲音。

轉頭一看，原來小詞就站在我的正後方。

「是……是啊。因為我真的很怕跑步……」

我用手安撫著自己的胸膛，想緩解緊張感，而小詞則是回以微笑。

「我也跟妳一樣，對跑步的速度沒有自信。平常也沒什麼在運動。」

「小計也這麼說，但小歷和小理跑得很快。練習的時候，他們的速度真的讓我嚇一跳呢。」

「應該是因為他們兩人在研究學問的性質上，有很多機會需要親身前往各地進行『田野調查』。」

「啊，原來如此！數學和國語的確給人不太外出的印象呢。」

跟小詞聊天時，我感覺自己的心跳漸漸恢復到平時的樣子。

（冷靜下來，我得拿出練習時的成果……！）

不管是唸書還是運動，我以前都會產生「反正這次也會失敗」「努力也沒用」的想法。

但是……現在這些男孩出現在我身邊。

透過一起唸書，讓我第一次得到好成績。

現在我也總算稍微產生出「因為已經努力過了，就一定有好成績」的想法。

（既然都走到這一步，剩下的就是全力以赴！）

我做好覺悟，雙手用力抱著膝蓋。

「——話說回來，你的『獎勵』是什麼……？」

「咦？」

忽然間，小詞像是被什麼嚇到般，回過神來。

小詞沒有看著我，只是將視線看往地面，對我說：

「如果……我得第一名的話——」

嘩！

運動場上突然歡聲雷動，剛好把小詞的聲音蓋住。

大概剛才結束的賽跑，很精采吧？

當我抬頭往終點的方向看去時，突然有人大聲對我喊：「喂！」

「花丸！快點過來這邊就定位！」

川熊老師站在起點的位置，對著我用力揮手。

這麼說起來，原本排在我旁邊的同學們，居然早就往前移動了!?

「哇，糟糕！」

我趕緊站起來，轉身對小詞說：

「小詞對不起，有事我們等一下再說！」

然後，我馬上衝到老師身邊。

呼，我站在自己的跑道上，開始深呼吸著。

前方什麼東西都沒有。

正前方五十公尺的直線距離，就只是一條白線的延伸。

這個情景我在練跑時，已經看過無數次。

噗通噗通……

即將開始比賽的那一瞬間，我的心跳聲也跟著變大。

（集中注意力……！要相信自己……！）

我大口地再次深呼吸。

把腳步往前邁進，準備到起跑線上就定位。

接著專心注意聽著……

「各就各位，預備──」

砰！

起跑的槍聲一響起，我就在同一時間往地面用力踢。

（起跑往前衝時，要謙虛地「放低身段」！）

我將雙腳向前踩踏時，腦中浮現出每天練跑時的情景。

腳趾頭踏向地面時，要以「作用與反作用力的法則」利用反彈力道。

不讓腳的踏步頻率降低，還要大幅邁開腳步……

大家教我的跑步訣竅，我已經都確實記在腦中，而身體也因此自然地行動起來。

（只要再一下……）

我專心跑著，雙腳也持續不停向前跑動。

在我眼中所看到的背影，總共有五個——也就是說，現在我是最後一名……但是。

（只要再一下，再一下下我就能超越一個人……！）

——我辦得到！

在這麼想的那一瞬間，我忽然聽不見周遭的聲音。
耳朵所能聽到的，就只有自己的呼吸和心跳聲。
最神奇的是，我感覺身邊的景色變成慢動作。
身體深處有一種不屬於我的力量湧出。
（我才不要放棄……我絕對可以超越！！）
咬緊牙關。
使出最後的力量向前跑去。
快呀！已經快到終點了！
抵達終點時——就要拿出自信「挺起胸膛」！
在我通過終點線後，擔任現場工作人員的六年級生也跟著跑過來。

他們按照抵達終點的順序，將氣喘吁吁的我排進名次隊伍裡。

（我到底跑了第幾名……？）

該不會又是最後一名？我剛才跑得太專心了，沒有看清楚自己跑第幾名。

我慢慢走路，並且用手安撫著加速的心跳，想讓呼吸恢復平穩。

跑完的參賽者們所排進的隊伍，會有「1」到「6」的旗子放在旁邊。

而工作人員帶我坐下的……是放有「5」的隊伍！

所以我是第五名!?

「太好了！」

我馬上握拳慶賀！

太棒了！我真的辦到了！

這是我人生中第一次在賽跑中，脫離最後一名！

（我成功了！成功了成功了成功了！大家應該都有看到吧!?）

小詞、小計、小歷、小理。

小優、外婆。

還有——媽媽。

我的努力開花結果了喔！

砰！

正當我沉醉在成功的感動時，下一輪賽跑已經開始了。

（對了！小詞！）

我著急地趕過去找小詞，接著發現他用漂亮的姿態順利跑回終點。

他的順位是六人中的第三名。

在有足球社成員參加的這一輪比賽裡，小詞居然還能跑第三名！真厲害！

「恭喜你！小詞！」

我出聲對隨著排名隊伍走的小詞大聲祝賀。

「謝謝，其實我本來的目標是跑第一名……」

小詞的眉毛呈八字狀，如此笑著說。

他真是謙虛啊。

就算是第三名也很厲害了。

「對了！剛才說的『如果得第一名』，在那之後你又說了什麼？那時歡呼聲太大，我沒聽清楚……」

在我發問後，小詞突然臉色一變。

在短短的時間內，他似乎若有所思。

「……這是祕密。沒得到第一名的我，現在說出來，也只是貽笑大方而已。」

小詞苦笑，然後往放著第三名旗子的方向走去。

16 小詞不見了!?

「——上午的賽程到此結束。接下來即將是午休時間……」

廣播社播報員的廣播傳遍整個校園。

五年級學生的短跑比賽後，就換成其他年級的比賽項目。

然後現在，終於等到我最期待的午休時間！

我立刻前往一班的加油區。

（呃……小詞在哪裡……？）

雖然四處張望，但實在是找不到他。

好奇怪喔……

「啊，請問國語同學在嗎？」

我詢問附近的男同學們。

「國語同學？他的座位是那邊……但現在不知道跑去哪裡了。」

「他跑完賽跑後，就沒有再看到他了。我猜大概是去廁所吧？」

「這樣啊……謝謝你。」

那我就稍微等一下好了。

我回到二班的加油區，小優一臉擔心地跑了過來。

「小圓，妳怎麼了？」

「我想去把小詞帶過來，可是他不知道去哪裡了……」

我剛說完，身後就有人說話：「這是怎麼回事？」

原來是小計也一臉擔心地問。

「對啊，我連他們班上的同學都問了。」

我如此回答，同時心中的不安也開始蔓延。

「或許……他只是單純去廁所而已。」

「如果只是這樣就好了……」

小計維持著不安的表情，眼睛也顯得游移不定。

「大家久等囉，已經都到齊了吧？」

「抱歉遲到了。我剛才去了廁所。」

這時小歷和小理一起出現在我們身邊。

不等他們說話，直接詢問小理：

「小理，你剛才有在廁所看到小詞嗎？」

「小詞嗎？沒看到耶……」

小理剛說完話，表情也立刻變得不安。

「小詞不見了嗎？」

我點點頭，而小歷有些慌張地舉起手指著。

「我剛才在等小理的時候，有先去跟小梅打聲招呼。不過小詞沒有在那裡。」

「……」

周遭的氣氛突然變得凝重。

彼此沉默以對。

「……我們快找到小詞。說不定他出事了。」

出……出事是什麼意思……？

這句話幾乎讓我的心跳停下來。

我們每個人的不安情緒瞬間爆升，就像直接掐住整個胸口。

我很害怕，甚至雙腿都開始發抖。

（怎麼辦……要是小詞真的出事的話……！）

怎麼辦……怎麼辦……

我整個人只是呆站著，持續陷入驚慌狀態。

這時，

有人將手伸出來，溫柔地拍在我的肩膀上。

「沒事的，小圓。我們馬上就能找到小詞。」

是小優，她用溫柔的神情看著我。
但要找小詞，我們現在其實一點頭緒也沒有。
我們只是在原地焦急地拚命想小詞可能會去哪裡。
「我擔心沒人過去小圓的外婆那裡，所以我先到外婆那邊找找看。要是午休時間開始前五分鐘還是沒有找到，你們就去請工作人員播放尋人廣播。」
「好，拜託你了。」
聽完小計的話後，小優又拍了拍我的肩膀。
這次她的表情更堅定，雙手也顯得很有力氣。
「小圓，振作一點。妳不是希望大家一起吃便當嗎？」
吃便當……
小優的話讓我回過神來。
對呀。
為了讓小詞打起精神，大家已經準備好驚喜便當。

我今天一定要……讓小詞吃驚喜便當！

「……好！我要過去了！」

我也堅定點頭回應，然後跟著男孩們，一起去找小詞。

17 想要傳達出的「心意」

我們四個人分頭尋找小詞。

每到一個地方，就有一處可能會看到他的地方從我的腦中消失。

初次遇見他的那一天。

我們一起在簷廊學習國字。

大家每天都一起吃飯。

小詞的笑容、說過的話，不斷在我的腦中出現。

『這個世界比我想像中還要美麗、充滿文學。發現這件事的我，真是幸福。』

『……請小圓今後也能一直開心生活。』

『如果……我得第一名的話——』

那個時候，他好像想要對我說什麼。

（難道是……小詞覺得自己有可能會在今天消失嗎……？）

我的腦中突然閃過這個想法。

正因為有這個想法，所以小詞今天才會表現得比平時更有精神。

今天小詞會若無其事地笑著，就是為了不讓我們擔心。

一想到這裡，眼淚就忍不住流下來。

（小詞……不要……連再見都沒說，就消失……）

你在哪裡？

拜託你不要突然就失蹤。

我的心臟傳出讓我感到不安的聲音。

這個聲音——就跟那天一樣。

『小圓……妳冷靜一點聽我說……？』

暑假的某一天。

我從外婆口中知道媽媽去世的消息，我的心臟用足以讓自己感到疼痛的速度跳動著。

媽媽從這個世上消失的事，來得實在太突然。

離去時也沒有對我說些什麼，而我也沒有對媽媽說什麼，我們對彼此都沒有說再見。

我最喜歡的那個聲音、笑容，再也看不到了。

這種感覺很痛苦、很悲傷。

即使是現在，想起這件事，我還是覺得自己的胸口被挖空了一個洞。

（我不要再有重要的人消失了……！）

我握著拳頭，緊咬雙唇。

拜託，不要離開我。

我還有很多想法，想要傳達給小詞知道……！

「哇!?」

突然，我被絆倒了。

我摔在校園的草皮上，即使上氣不接下氣也還是立刻站了起來。

這時從遠方傳來熱鬧的笑聲。

『真是『秋高氣爽』的好日子呢。』

我忽然想起今天早上小詞說過的話。

秋天的天空看起來很高，而且空氣也很清新。

那時候小詞一臉舒適地抬頭看著天空……

「啊……」

——在那一瞬間，我看到三樓的窗戶，閃過一個人影。

「找到了……！」

於是，我第一時間衝上樓找人。

「還是被妳發現了嗎？」

我跑到三樓的圖書室後，小詞一臉困擾地笑著。

沒有人的圖書室安靜得可怕，即使周遭環境仍是平時的氣氛，還是讓我感到害怕。

「所謂『船過水無痕，鳥飛不留影』……我本來希望自己能默默地消失。」

陰暗的室內，傳出小詞清亮的聲音。

看到他的模樣時，我倒抽了一口氣。

小詞身上沒有被衣物遮蓋到的脖子和臉部……已經變透明了。

（怎麼會……變得這麼嚴重……？）

到剛才準備賽跑之前，小詞的身體都沒有這麼透明。

腦中開始產生不祥的預感，我的心跳也跟著加速。

「雖然為了阻止我的消失而如此努力，但現在我恐怕無法報答各位了。原本想盡可能留到運動會結束時再消失……但目前看來，已經無力回天。」

「不要……你不要說這種話……」

我的聲音正發著抖，而且還流下眼淚。

看著我，小詞帶著難過的表情回以微笑。

「請不要為我哭泣。為了小圓好……**我消失了反而會更好**。」

「……為什麼……你要這樣……」

「唸書必須以延續他人壽命為前提這件事，對妳來說，實在是很沉重的負擔。而且即使過程很辛苦，小圓依然會溫柔地對我們說『沒關係』。但在幫助小圓的立場上，我真的不想再讓妳背負這個責任。」

小詞流露出難過的表情。

心臟跳動得越來越激烈，強烈到讓我緊抓著胸口上的衣服。

「實力測驗時……看到小圓能在國語測驗中考高分，真的讓我很高興。但是……這個情緒只有一瞬間而已。因為這代表『已經不需要我了』。」

「小詞在說什麼……」

我沒有說過不需要小詞啊！

雖然想這麼回答，但是聲音卻發不出來。

想說的話就像卡在喉嚨般，讓我難以呼吸。

「……小圓真的是肯努力用功的人。就算沒有我教你功課，以後一定也能靠自己考到好成績。這就代表我……已經失去當『國語家教』的價值。重要的是，這也表示我會因為壽命危機給人帶來壓力……真的對妳造成負擔了。」

小詞低著頭，繼續說：

「這種想法，也許就是造成現在這個事態的原因。我們四個人本來就是基於『想幫助小圓』的強烈想法，而化身成人類。若是想幫助小圓的想法變弱，當然也就會讓化為人類的力量變弱吧？」

小詞依然低著頭，而他的身體也變得越來越透明。

（原來是這樣……他們的身體成形的原因與壽命無關，而是……當事人「想繼續待下去」的想法變弱！）

我抓著自己胸口的拳頭，此時也握得更緊。

（既然這樣的話……！）

我突然挺起自己的身體，抬起頭正視小詞。

深深吸一口氣……

「——我……我絕對不會讓小詞消失！」

如同要擺脫發著抖的聲音般，我傾注所有力氣，把話說出口。

在這個瞬間，我心中的思念，也不斷滿出來。

「話語裡不是有『言靈』這種東西嗎？如果把話說出口，事情就會成真……所以現在小詞說出的言靈，已經被我說的言靈給消滅了！小詞從今以後，會一直跟我在一起。小計、小歷、小理，還有小優跟外婆……大家會永遠在一起！」

我把心中的話，說出口了。

而且這也是我心中已經無法壓抑住的想法。

但是，小詞的模樣和現在的我相反，就像是克制住自己的情緒，維持著冷靜的表情。

「謝謝妳。但是小圓……我的身體……」

「請好好聽我的『話語』吧！」

我衝到小詞面前，一把抓住他的手。

就算隔著手套，還是可以感受到他的溫度。

沒問題的，小詞整個人仍然好好地站在這裡……！

「小詞快過來！」

「咦？」

「你先別說話！」

我把纏在自己腰上的連帽外套拿來，並且罩住小詞的頭。然後牽著小詞的手，帶他離開圖書室。

18 午餐驚喜！

就在我前往加油區的途中，其他男孩也跟我們會合了。

我們五人一起走到外婆和小優等待的位置。

外婆和小優還沒打開便當盒，一直在等我們回來吃午餐。

「小圓，我們已經準備好了喔。」

聽了小優的話，我也點頭回應。

然後，我再回頭對小詞說：

「小詞！其實我們為了你準備一份驚喜禮物喔！趕快到這邊坐下吧！」

「驚喜……？」

小詞驚訝地睜大眼睛。

我牽著小詞讓他坐到野餐墊上，而其他男孩們也走到小詞的對面座下。

好了，開始揭開驚喜大禮！

「呃～放在這裡的，就是名為『**初物三昧便當**』的大驚喜！」

我一邊說話，一邊把多層便當盒的蓋子打開。

「第一層是『**滿滿秋季美味飯糰**』！有香菇飯、鮭魚飯、栗子飯三種口味！」

便當盒裡都是顏色繽紛的飯糰。

為了顧到顏色的平衡感，我們努力讓外觀看起來很好吃。

「第二層是『**秋令番茄與茄子沙拉**』。茄子到了秋天，據說比夏天時還要好吃。」

小計現在正接著介紹第二層的菜色。

接著，其他人也跟著介紹其他層的菜色。

「第三層是『**炒牛蒡胡蘿蔔絲**』以及『**蓮藕肉丸**』喔。根莖類蔬菜含有豐富的纖維素、維生素、礦物質，是對身體很好的料理。」

「第四層是『**芋頭和南瓜可樂餅**』！不吃進嘴裡就不知道是吃到什麼口味，光聽就覺得很好玩吧！」

「第五層是由當季水果組合的『**梨子、柿子、葡萄拼盤**』。每個嚐起來都新鮮多汁。」

「再看看這裡！『**南瓜布丁**』這就是作為壓軸的甜點！」

像公布大獎一樣，我打開保溫盒蓋子展示出裡頭的南瓜布丁。

我們全力製作的驚喜便當，就此完成！

雖然自賣自誇有點厚臉皮，但全部看起來都超好吃的！

這些豪華菜色放在野餐墊上，就像是寶石一樣閃閃發光。

「小詞，你知道嗎？聽說吃當季第一手採收的食材，可以幫助我們延年益壽。」

「……這是『初物七十五日』吧？」

「對，就是這個！我們就是想讓小詞打起精神，才會偷偷準備這些。」

我這麼解釋，小詞則是一臉茫然地緩緩點頭。

他的表情顯得有些難以置信，只是一一看著每個便當盒的菜色。

「這些真的……全都是大家為我準備的……？」

外婆聽了小詞的話，一邊回答「是啊，沒錯」一邊點頭。

小詞低著頭，聽著外婆的話。

帽子和瀏海都遮住了臉，我很難看出小詞現在的表情。

（呃……他應該會開心地收下便當吧？）

雖然他好像也被我們嚇到了……

我心裡有點不安地看著他。

「這麼說來，之前我覺得小圓像是刻意迴避什麼……原來是為了這個啊。」

小詞小聲嘀咕。

「對……對不起！因為我想要給你驚喜，才會盡量不被你發現……」

都是我過度隱瞞這個驚喜便當，才會讓小詞注意到我的態度不自然。

畢竟小詞對他人的情緒特別敏感嘛。當然會對我的奇怪舉動感到不安……

「不，沒關係的。都是我會錯意，才會讓自己情緒低落……不過，還好一切都是我的誤會。」

小詞眼角泛著淚光，還笑了出來。

——雖然『用言語傳達心意』很困難，但卻也是很重要的事。要是妳覺得『就算不主動說出口，對方也能瞭解心意』的話，那麼彼此的交流就會變得漸行漸遠的喔。

我想起外婆之前對我說過的話。

一直以來，我都無法好好地把重要心意傳達給對方知道，今天才總算說出來了。

「告訴你喔，今天會有這個驚喜便當，是因為我媽媽以前會做驚喜料理，讓我的心情變好。除了好吃的飯菜之外……也包含著媽媽對我的心意，所以才能讓我覺得幸福、重新振作起來。」

我一邊說著，一邊用毫不遲疑的視線看著小詞的眼睛。

「我想要小詞在我的身邊！而且不是因為唸書還是其他事情，我只是單純『想要你在我身邊』！因為小詞就是我最重視的人！」

我將自己的心意集中起來，化成言語，確實地傳達出去。

這就是我的心意。

希望能順利傳達給小詞知道……！

（對了……！）

我突然想起一件事，然後把手伸進裝便當的袋子裡。

接著，我從裡面拿出一只白色信封交給小詞。

「小詞，我寫了一封信給你。因為我想把心意傳達給你……希望你可以看看內容！」

小詞有些緊張地盯著我看。

然後，伸手接下了信封。

19 傾注於信中的心意

讀完信上的內容後，小詞抬頭看向正站在旁邊的我。

他的眼神既溫柔又穩重。

但在這一瞬間，直視他就能發現小詞已經更透明，能直接看到連帽外套的另一頭。

看到這個景象，我的眼淚又控制不住。

「小詞……你不要消失……」

我的眼淚接連落下來。

國語考試再怎麼努力都救不了他。

大家一起準備驚喜便當也救不了他。

現在連準備好的信也是……我到底該怎麼辦才好!?

「拜託你……快說『我想留在這裡』……！用不輸給壽命和變透明的想法說啊！『言靈』的力量應該就是用嘴巴說出來才對的啊……！」

在我面前，小詞的雙眼也開始泛著淚光。

不要，我不要！

我不要小詞消失……

我明明還想一直看著小詞，但卻事與願違，我的眼淚再也無法止住。

雖然很想擦掉眼淚，但我的手卻只是不斷發抖，無法動彈。

「喂！小詞為什麼哭！」

「圓圓的肚子餓了嗎？」

「現在是中午嘛，當然會餓呀～！小圓還是先來吃一口吧？」

其他男孩開始跟著慌張起來，都急著過來搭話。

「你們先等一下！現在這個時刻很重要！快安靜！」

小優出聲阻止他們，男孩們也馬上安靜下來。

就在大家吵吵鬧鬧，讓我身體放鬆下來時。

「……讓重要的女生哭泣，實在是不合道理啊。」

忽然，我聽到小詞的聲音接近，好像有什麼觸碰我的臉。

——是小詞的手。

溫暖的手指正小心地拭去我的眼淚。

「……謝謝你為了我而哭泣。現在我……『想要留在這裡』，想要永遠留在小圓的身邊。現在我打從心底如此希望。」

小詞溫暖的手帶來一陣好心情。

接著我不經意地將視線往下——

「！」

這時，我的呼吸簡直快要停止了。

我看到小詞擦掉我臉頰眼淚的那隻手。

不曉得是不是眼淚讓我看錯，我揉了好幾次自己的眼睛。

「小詞……我看到你的手……還在這裡！」

光線透過樹木間隙照在小詞的身上，讓他渾身散發出閃亮的光芒。

而在這之中，我能清楚看見小詞手掌的形狀。

臉和脖子也是。

小詞的身體也看得到清楚的輪廓，讓人可以確定他整個人依然存在。

「嗚……」

情緒一口氣從低谷往上衝，我一時之間開心到無法言語，只是緊握住小詞的手並且擁抱他。

他的手是那麼的纖細、溫暖。

太好了……小詞不會消失了！

真的……真的……太好了！

「我的身體……看來是恢復原樣了。」

小詞的表情也是有點驚訝，不斷看著自己全身上下。

「恢復了！快看小詞的手，整個都好好的喔！」

我把小詞的手舉起來，在他的眼前把他的手攤開來。

小詞不講話，只是很認真地觀察自己的手。

他的手用緩慢有力的方式握拳。

「……小圓，還有各位，謝謝大家為我做那麼多事。抱歉讓各位擔心了……我現在已經沒事了！」

小詞微笑著。

這個燦爛的笑容，不輸給秋天的天空，十分清爽。

「啊。」

在恍神當中，我突然發現了一件事。

（關於小詞壽命的事，本來是對小優和外婆保密才對……！）

結果我卻在她們的面前不小心把「消失」、「壽命」、「手還在」說出口……

在我心想「這下糟了」後，我有些擔心地看著小優和外婆。

不過，她們兩人沒有被嚇到的樣子，只是對著我微笑。

「外婆我啊，不是白活到這把年紀。我不會計較小圓到現在才想解釋的那些事情喔。」

「對啊，我跟外婆會跟小圓站在同一陣線。妳有想保守的祕密，儘管保守也沒關係的。」

小優跟外婆兩人體貼的話語，又讓我感動到哭出來。

但是，我不能再哭了！

畢竟現在可是享用美味便當的時間啊！

「好了，大家一起吃便當吧！」

我爽快地請大家正式開動。

但這時小詞卻舉起手說：「請先等一下」。

「用餐之前，可以先讓我說一件事嗎？」

「嗯！當然可以！」

要說什麼呢？我滿臉笑意歪著頭等著。

小詞像是有點難說明般，先是把信拿出來。

「這封信的內容，就國語程度的觀點來看，有些讓我在意的地方……」

「咦？」

在……在意的地方？

我著急地接下那封信，然後仔細地重讀一遍。

又到了天氣漸漸變涼，吃飯也特別好吃的季切了。

自從你們來到我家，已經快滿一個月。

在這之前，我一直以為自己「再怎麼用功唸書，考試都會不及格」、「就算努力過也沒什麼用」，所以任何事都會馬上放棄。但是，自從你們教我功課後，我考試終於能得到好成績，這件事讓我心裡認為真的很開心。

多虧了小詞教我練習寫國字、貫用句，還有讓我認識各種詞，我現在已經比以前還要更能使用文字表達自己的想法。
可以遇到小詞以及其他學科男孩，真的是太好了。
現在我變得更想學習各種知識了。
總有一天（雖然我自己也不確定是哪一天），我一定可以考到滿分。
還有一個我沒有告訴其他人的事，這是我再近的夢想。
如果我考很多很多個滿分，讓大家的壽命延長好幾十年，
這樣就可以暫時不用唸書，可以每天跟大家一起輕鬆閒散地生活。
可以的話，請你得要教會我更多功課，這樣我會覺得很開心。
對了，今天是運動會！其實大家準備了驚喜便當。
我記得有一句諺語是「肚子餓了就使不上力氣」。
希望小詞能多吃一點，打起精神來！

花丸圓 敬上

給 國語詞

嗯——。是哪裡有問題呢？我完全看不出來……

「首先要講的就是『季切』、『貫用句』、『再近』這幾個錯別字。」

「錯別字？」

「就是把文字寫錯的意思。」

小詞用手指一個個寫出來給我看。

正確的字應該要寫成**「季節」**、**「慣用句」**、**「最近」**……

「再來就是使用『心裡認為真的很開心』，會有些難以閱讀。還有，『請你得要教會我功課』中的『請你得要』，是自己要求對方必須進行某種行為的意思，比較有禮貌的寫法是『**麻煩請你教我**』。然後，這裡的諺語不是『肚子餓了就使不上力氣』，可以用『**皇帝不差餓兵**』。」

「嗚……」

我被講到說不出話來。

我寫完有確認過好幾遍，結果居然還有這麼多錯誤。

這實在是太丟臉了……！

我害羞得用兩隻手遮住自己的臉。

但是，小詞似乎沒打算停止，還很開心地呵呵笑。

「這麼看來，課業上我還有很多必須教會小圓的地方呢。」

小詞的表情就像是故意在惡作劇，但也看得出他的好心情。

至今為止，我從來沒有看過他的這一面。我心裡噗通噗通跳。

雖然第一次親筆寫信給別人就出了一堆錯，讓我很不好意思……

但是，能看到文靜的小詞大方地露出天真的笑容，我出糗的部分就不用太在意了！

「小圓，回到家後，要好好複習功課喔。」

「是！請多指教！」

我很正經地做出敬禮手勢後，大家也跟著哈哈大笑。

「好啦～我們快點吃吧！請給我鮭魚飯糰。」

「等一下，手要先擦乾淨才能一起開動！」

「我吃可樂餅好了。」

「我說了，你們快擦手！」

「我要吃肉丸。」

「所以說你們快擦……呀！居然用手抓著吃!?」

小優無法要求男孩們保持良好的用餐禮儀，只能對他們邋遢的吃飯方式大聲慘叫。

看到這個景象，我跟小詞不禁相視而笑。

跟大家一起熱鬧地吃飯。

就是和自己所重視的人一同團聚的寶貴時光。

（在今後的日子……我也一定要像現在這樣繼續保持下去。）

我一邊大口咬著飯糰，一邊抬頭看著秋季裡晴朗的藍天。

後記

大家好，我是一之瀨三葉！

感謝各位閱讀《倒數計時！學科男孩》第二集！

很多讀者在看完第一集後，給我們不少「小詞怎麼了」「很在意接下來的發展」之類的迴響，所以在第二集能有個平安無事的結果，相信能讓大家放心了不少吧。

還有，讀者給我們的迴響中，第二多的就是「我喜歡〇〇〇！」，這類對學科男孩們的熱情支持（笑）。

當然，還有很多人為我們的主角小圓打氣！真的很謝謝讀者們的回應！

希望大家能繼續為小圓和四位學科男孩加油！

順便在這裡問大家一個問題。

你有「座右銘」嗎？

「座右銘」是對自身而言「重要的事物」、「自己想要成為那樣的人」等目標，是值得銘記在心中的特別話語。

例如：「謝謝」或「感謝」、「笑口常開」這類簡單的關鍵字。

小歷在第二集提到的德蕾莎修女的名言：「去理解而不是被理解，去愛而不是被愛」，把偉人說過的名言當成座右銘也很不錯。

還有在本集故事裡提到的「諺語」，也有很多人會直接當成座右銘。

例如：「石上三年」，意思就是「不管有多困難，只要忍耐，就有成功的一天」。

「明天吹著是明天的風」就是「不要煩惱事情的發展，先讓心情放輕鬆」，這是鼓勵人們保持活在當下的樂觀態度的諺語。

各位在學習諺語的同時，如果將「找出適合自己的座右銘」當成目標，說不定在研究各種諺語時，也會覺得更有趣喔！

另外……

我現在的座右銘是「不要勉強自己」（笑）。

以前我有一陣子會把「堅持就能勝利」「苟日新，日日新，又日新」當作自己的座右銘。
我認為人可以同時擁有各種座右銘，如果想法改變時，自由改變座右銘也無妨。
我建議各位有時間一定要多多翻閱字典，多查一些喜歡的用字遣詞，找出合乎自己心境的語句。
如果你從字典裡，找到適合當成自己座右銘的語句，也希望你能夠來信告訴我喔。

緊張刺激的第二集結束後，第三集內容居然是小圓她們要去校外教學！
在與平時不一樣的地方，或許我們能看到那些男孩令人意想不到的一面!?
敬請各位期待，第三集。

好，那我們下次的故事再見吧。

下回預告

小詞身體恢復了，終於可以放心了呢！

小圓

運動會結束了，妳可要專心用功唸書。

小計

妳們是不是忘了還有校外教學？

小優

校外教學～！？

小圓　小計

大家可以在森林裡一起做飯來吃喔！

小歷

到了晚上，還能一起在野外露營，確實讓人很期待。

小詞

小龍終於可以到大自然透透氣了。

小理

太棒了！考完試後還可以先放假休息！

小圓

然而，小圓卻因為出了大事而陷入危機！？
那個人將會採取令人意想不到的行動！！

敬請期待《倒數計時！學科男孩》第三集！

倒數計時！學科男孩② ——國語同學，請不要消失！

作　　者——一之瀨三葉
繪　　者——榎能登
譯　　者——王榆琮
主　　編——王衣卉
行銷主任——王綾翊
書籍設計——Anna D.
書籍排版——唯翔工作室

總 編 輯——梁芳春
董 事 長——趙政岷
出 版 者——時報文化出版企業股份有限公司
108019台北市和平西路三段二四〇號
發行專線—（〇二）二三〇六六八四二
讀者服務專線—〇八〇〇二三一七〇五
（〇二）二三〇四七一〇三
讀者服務傳真—（〇二）二三〇四六八五八
郵撥—一九三四四七二四時報文化出版公司
信箱—一〇八九九台北華江郵局第九九信箱

時報悅讀網——http://www.readingtimes.com.tw
電子郵件信箱——yoho@readingtimes.com.tw
法律顧問——理律法律事務所　陳長文律師、李念祖律師
印　　刷——勁達印刷有限公司
初版一刷——二〇二三年三月三十一日
初版五刷——二〇二四年七月一日
定　　價——新台幣二八〇元

時報文化出版公司成立於一九七五年，
並於一九九九年股票上櫃公開發行，
於二〇〇八年脫離中時集團非屬旺中，
以「尊重智慧與創意的文化事業」為信念。

倒數計時!學科男孩. 2, 國語同學, 請不要消失!/一之瀨三葉文；榎能登圖. -- 初版. -- 臺北市：時報文化出版企業股份有限公司, 2023.04

240面 ；14.8×21公分

ISBN 978-626-353-664-7（平裝）

861.59　　112003821